《王有道休妻》宣傳照，盛鑑飾王有道，朱勝麗飾孟月華。（攝影／范毅舜）

《三個人兒兩盞燈》演出照。（攝影／劉振祥）

《三個人兒兩盞燈》演出照。（攝影／劉振祥）

《三個人兒兩盞燈》劇照，陳美蘭（左）飾雙月，王耀星（右）飾廣芝。（攝影／劉振祥）

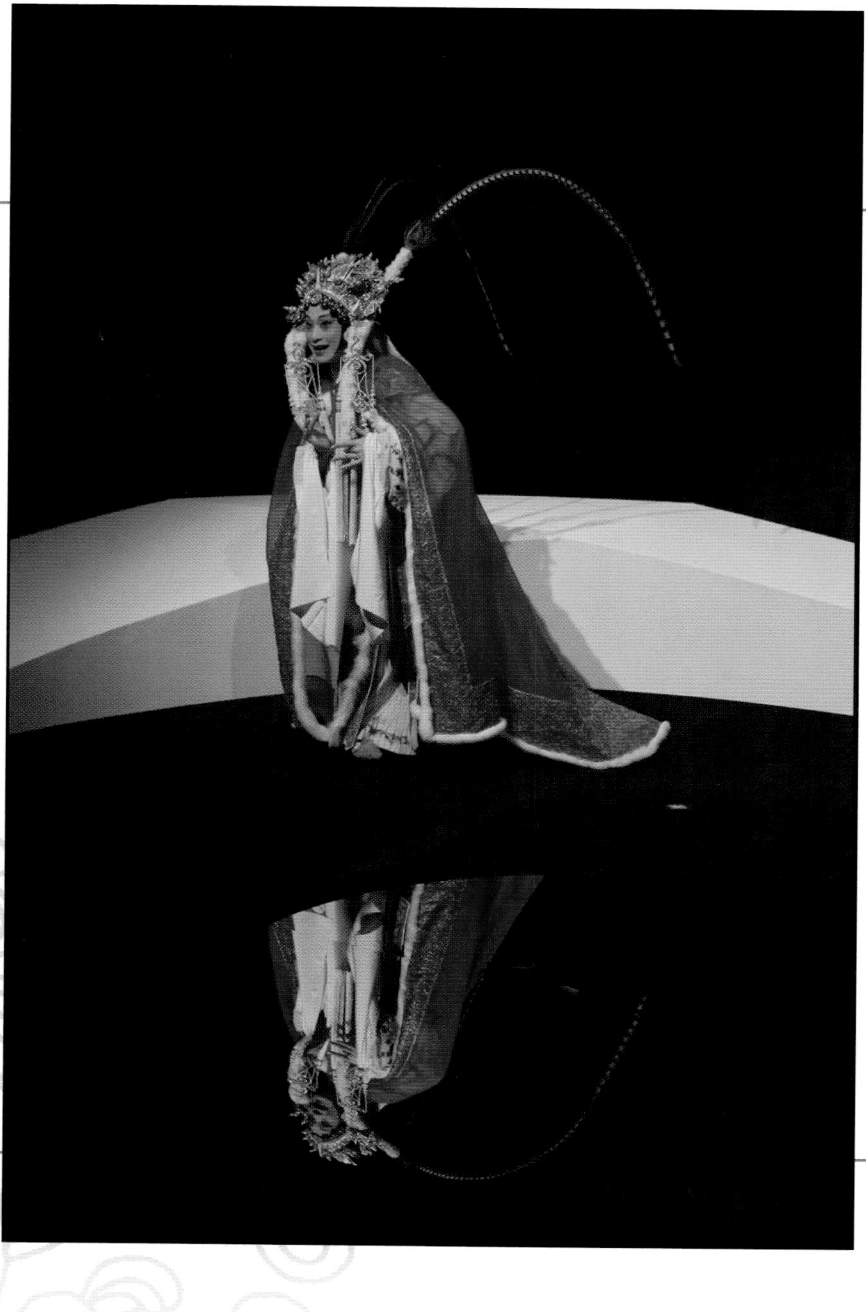

《青塚前的對話》演出照，朱勝麗飾王昭君。（攝影／林榮錄）

《青塚前的對話》劇照，陳美蘭（左）飾蔡文姬，朱勝麗（右）飾王昭君。
（攝影／劉振祥）

《金鎖記》演出照，魏海敏（中）飾曹七巧。（攝影／林榮錄）

《金鎖記》演出照，魏海敏飾曹七巧。（攝影／林榮錄）

INK

文學叢書

181

絳唇珠袖兩寂寞

京劇・女書

王安祈◎著

絳唇珠袖兩寂寞
晚有弟子傳芬芳

——杜甫〈觀公孫大娘弟子舞劍器行〉

目次

劇本

劇評

序

恂恂如也

陳兆虎
（國立國光劇團團長）

民國九十一年《閻羅夢》演出結束後，國光終於邀得王安祈教授的同意出任藝術總監，從此帶領國光開闢出一番新境界。

王總監脾氣溫和，講話永遠輕聲細氣、婉約優雅，然而她思路清晰細膩，做起事來不緩不急、按部就班，穩健踏實；而且她在各齣新編與傳統劇目的選定都非常重視讓演員依自身特色妥適地發揮，讓國光推出的劇目在票房和口碑上都有亮麗的成績。很快地，國光上上下下對王總監無不打心眼兒裡敬服。

以年度新編戲來說，從大陸編劇名家陳西汀《王熙鳳大鬧寧國府》、陳亞先《閻羅夢》、《李世民與魏徵》的策劃，到開始自己著手創作顛覆傳統的京劇小劇場《王有道休妻》，拔擢新人趙雪君創作《三個人兒兩盞燈》、合作《金鎖記》為魏海敏量身打造，再到深刻內旋、自我究詰探索的《青塚前的對話》，王總監以她特有的女性幽微的筆調，為國光打下台新藝術獎、金鐘獎等一座座亮眼的獎盃。國家文藝獎對她的肯定，更是水到渠成。

看王總監近幾年的創作光譜，眾人皆知具有相當清楚的女性主體意識；然而即使如曹七巧跡近變態的自虐虐人，王昭君、蔡文姬的半生飄零蕭索，卻從未見王總監筆下有任何淒厲的翻案控訴，任何「以今鑑古」對思想教條、男權中心的道德批判。王總監總是平靜地呈現著、自我探索著，以精煉、熨貼的文字帶領著讀者、觀眾反省自身，終而掩卷長嘆。

《論語．鄉黨篇》第十：「孔子於鄉黨，恂恂如也。」王總監的劇作一如其人。

這次王總監出版的四部劇作，相信對國光、對學術界、對台灣甚至海峽兩岸近年的戲曲創作而言，都是一個非常重要的里程碑，本人有幸代表國光，在這裡為王總監所帶給國光的這一切向她致上最深的謝意。《青塚》接下來的這一年，王總監一直尚未再推出自己的劇作，然而舉凡年度新戲、老戲季公演、乃至國光劇場等等大小劇目的策劃，總監無不一一細思細捻；我們如同《三國演義》許許多多齣戲裡的文武臣僚們，等著王總監像諸葛孔明般地拈出一條條的錦囊妙計，帶領我們打下一場又一場的美好戰役。

或許讀者、觀眾您正饒富興致地期待著，看王總監日後將繼續寫出什麼樣的劇作，帶領國光呈現什麼樣的劇場風華；我們也跟您一樣，安心而且歡喜地期待著。

自序

絳唇珠袖兩寂寞

王安祈

寂寞，因為我從小喜歡的就只是京劇，就只是戲曲。

在同學盡是西洋流行歌迷的時代，我的興趣非常另類。我也有很多好朋友，但總無法與他們用相同的「聲音」對話。我也曾拉著好友來接近我的喜好，他們對虛擬的表演也很有興趣，但一看到程嬰痛罵不肯捨子的妻子為「不賢之人」，他們跑了，任憑我再怎麼解釋這是《趙氏孤兒、搜孤救孤》經典名劇！

所以，我從小就認定戲曲一定要現代化。

現代化不只是增加燈光布景，不只是新作服裝，現代化的核心是劇本的情感思想，新編劇本的內涵一定要能反映現代人的欲求想望，貼近現代人心靈。「保存傳統」不是只演古人編寫的戲，傳統的內涵是「傳統戲曲唱念做打表演體系」，不只是傳統戲碼。戲曲不僅具備「文化資產」的意義，更是鮮活的「劇場藝術」，除了保存之外，更該積極延續，而現代化正是延續傳統最有效的手段。

很幸運的，我一開始編劇本就是和走現代化路線的郭小莊、吳興國合作，在一九八〇年代編的十幾部劇作裡，他們引導我嘗試了衝突、懸念、逆轉、反差、倒述、插敘、分割空間、旋轉舞台，使我對於敘事技法和整體節奏有了較熟練的掌握。而自二〇〇二年擔任國立國光劇團藝術總監以來，我很清楚的把創作導向京劇女性意識的開掘。我對性別研究全然外行，只是我知道女性在傳統戲曲裡的心聲抒發還不夠細膩，溫柔端莊的外表之下，難道不曾出現層層漣漪、迴波千旋？我不想以現在的觀念翻案批判，只想從一回眸一轉身之間鉤掘隱微，引逗出恍惚難言的幽約怨悱。

女性議題看起來當紅，但是，寂寞依舊，因為，我最在意的，是用怎樣的唱詞曲文來抒發古代女子的內心情事，念茲在茲的是文字的質感，是現代化思維與古典情韻的融合。

這幾部新戲裡塑造了幾位渺小甚至卑微的女性，《金鎖記》曹七巧尤為代表。我認為主流價值、道德世界裡沒有容身之所的負面人物，在藝術文學裡更該得到一席之地，不如此創作便不足以真誠面對生命的殘酷，不足以正視人性的渺小卑微，也不足以體現無奈中的掙扎與沉淪。相信觀眾看了魏海敏所飾演的曹七巧，必能激生出對人性脆弱的悲憫，因為她唱出了卑劣者內在的顫抖哀音。這條創作之路異常艱辛，它和戲曲善惡二分的傳統大相逕庭，但是和現代戲劇的著重點也很不一樣，如何在扭曲變態人性剖析過程中用詩韻的唱詞文字體現抒情美感，仍是我最為關注的。寂寞，乃成為必然。

好在，這四部女性京劇新戲全滿的票房與熱烈的迴響，稍稍沖淡寂寞之情；好在，與國光劇團精彩的夥伴們合作過程中心靈充實。感謝國光劇團陳兆虎團長對我全然的信任，無論我選擇怎樣叛逆的題材，他都放心讓我放手去做。感謝子雍、建華，如果沒有兩位好友的熱情催生與協助，這本書不可能出版。感謝國家文藝基金會與印刻出版社，沒有你們對文化的支持，我們很難堅持。

這本書獻給二〇〇七年八月去世的母親，我的戲曲人生由母親賜予並開啟，此書送您一程，願您在那個世界有戲為伴，不覺寂寞。

四部劇本創作群一覽表

	王有道休妻	三個人兒兩盞燈	金鎖記	青塚前的對話
	京劇小劇場 《御碑亭》顛覆實驗版	唐代寂寞後宮的女 性情誼	張愛玲同名小說 改編	京劇小劇場 昭君、文姬跨時空 心靈私語
演出團體	國立國光劇團	國立國光劇團	國立國光劇團	國立國光劇團
製作人	陳兆虎	陳兆虎	陳兆虎	陳兆虎
首演	二〇〇四年三月	二〇〇五年三月	二〇〇六年五月	二〇〇六年十二月
編劇	王安祈	王安祈　趙雪君	王安祈　趙雪君	王安祈
導演	李小平	李小平	李小平	李小平
音樂	李超	李超	李超	李超
舞台	張維文	傅寯	傅寯	傅寯
燈光	劉權富	任懷民	任懷民	車克謙
服裝	蔡毓芬	蔡毓芬	黃文英	林璟如
主演	朱勝麗 陳美蘭 盛鑑	陳美蘭 王耀星 朱勝麗	魏海敏 唐文華 陳美蘭	陳美蘭 朱勝麗 王耀星

編導理念

王有道休妻 編劇理念

「京劇小劇場」的嘗試

王安祈

王有道的妻子有一天獨自走夜路，碰上了傾盆大雨，她急忙躲進御碑亭避雨，不想緊接著又來了個青年書生，也到亭內避雨，她想衝出亭外，但雨實在太大了，只好與書生共處一宵，好在一夜無事。天亮雨停，她回家對丈夫說一夜經過，丈夫大驚：青年男女共處一宵，怎可能一夜無事？這樣的妻子留她不得！於是，王有道含悲忍淚，寫下了休書。

這是傳統京劇《御碑亭》的劇情大綱，這是梅蘭芳常演的戲，做表含蓄，講究端莊典雅、怨而不怒。

這也是「吉祥戲」，逢年過節常以結局的《金榜樂　大團圓》作為劇名歡樂演出。

我從小就常看這戲，一直沒覺得什麼不對勁，直到在課堂上對學生講這故事，才驚訝的發現，這麼一齣正工青衣戲，竟成了年輕人心目中的爆笑喜劇！一時之間極為尷尬，不是授課人尷尬，而是「經典名劇」面對當代價值觀時尷尬。經典名劇的唱念表演是後人摹擬學習的典範，可是它的劇情卻和時代觀念有這麼嚴重的隔閡！面對這麼大批的「文化遺產」，從事文化傳承卻又是藝術創作的工作者該如何處理？一律停演，全部新編？還是演出前三令五申提醒觀眾：「只准聽唱、只准看做表，別理會劇情」？這兩條路好像都不太妥當吧？

面對《御碑亭》的新編，個人想到了「嘲弄」與「重探」，一方面用嘲弄的筆調寫丈夫王有道迂腐的行為，另一方面試著思索女性心理的另一種可能。長期被禁錮在傳統觀念中的妻子，當她偶然離開深閨內室，和陌生男子共坐在亭子裡，坐在天地風雨中，此刻，除了驚恐擔心，她還會不會有突發的奇妙念頭？那書生是正人君子，但是在狹隘的空間內，也忍不住偷看女子沿著髮絲、貼著衣衫抖掉雨水的姿態——這是何等嫵媚甚至性感的姿態？男人見了，眼睛一亮，而女子發覺有人偷窺，這「被偷窺的滋味」又是如何？

我花了很多唱詞篇幅，寫下「偷窺」和「被偷窺」的反應，但我並不想改變原有的結局，如果讓一向安分的妻子在風雨之夜突然跟著陌生男子跑了，或是妻子在被疑被休之後徹底覺醒、而後悍然拒絕丈夫賠禮道歉，都是枉顧古代女子真實處境的做法，我不想進行如此粗暴淺陋的顛覆，只想從反映古代思想情感生活文化的傳統戲裡，尋找某種潛藏於安然外表之下的可能情態，於間隙處找戲，試著揣想女性在風雨之夜發覺有人注視著自己的美麗時，是否會在驚慌中湧現一絲喜悅？進而揣想被休妻子接受丈夫道歉時，內心是否會浮起另一種聲音，對「輕易接受道歉的自己」發出無奈的質疑？

因而導演和我做了一個全新的實驗：安排兩位旦角演員「同台同時共飾」同一位劇中

人，一位青衣演員代表古代社會無辜被休卻全無怨言的溫婉妻子，另一位花旦演員代表妻子心中另一層不安的情思。這是因應性格刻畫需要而做的巧妙安排，不是為玩弄而玩弄、為實驗而實驗。結局沒有改變，多的是兩種聲音的交互詰問與激蕩。改編的目的不僅是顛覆，「關懷古代女性心底的聲音」才是主要的創作意圖。

除了王有道妻子用兩位旦角演員同台同時共飾之外，還有另一項重大實驗：全劇的主要場景「御碑亭」，採用「擬人化」方式呈現，由丑角演員飾演，和亭子裡的男女進行虛實之間的對話交流。

我想藉此做「京劇小劇場」的嘗試。提出「小劇場」，其實是一種策略，規避京劇傳統的策略。京劇的歷史悠久，嚴謹的程式是豐厚的文化資產，但是如果想要開創一些新路，豐富的資源就有可能是沉重的包袱，「京劇小劇場」的嘗試，則可掙脫傳統嘗試多元手法，進而提出現代人「觀看經典」的另一種態度。這態度未必是不敬，因為它凸顯的是創作和時代的關係。

三個人兒兩盞燈

我懂得她的孤寂

編劇理念・之一・

趙雪君

對詩詞的領悟體會，有時是種機運。少了那獨特的機運，即便是天上來的黃河之水，都當它是腳邊一攤不曾注意的水窪。《三個人兒兩盞燈》這齣戲的原始構想，正是來得巧合的機運，就那麼靈光一現，我好似穿越時空，直接與寫下「今生已過也，相約來世緣」的她，心連著心了。

她是唐玄宗後宮的一名宮女，不曾留下名姓，卻將她的孤寂、將她對愛情的期盼託與一件征衣，穿越萬仞宮牆、千里關山，傳到了邊塞的他手裡。誰想得到？他帶著她回家了。一個在宮中、一個在關外，只憑藉著一首藏於征衣之內的詩，他真的帶著她回家了。誰又想得到，在那久得令人迷濛的年代，有一個人將這故事紀錄下來，我讀到了，在一千三百年之後，我也懂了。

我懂了她的孤寂。

當真是機運巧合。小時候讀過這故事，毫無所感，只當是眾多歷史故事中的一個，寥寥百餘字，再次重讀，卻陡得明白，是多麼深、多麼重的孤寂，才會讓一個唐宮女子甘願冒犯宮規，也要與一個未曾謀面的男子，許下來生之約？我幾乎可以看見，她顫抖著手、握著筆，將她對愛情的期盼傾注在筆端，一字一頓、一頓一拭淚，在一生僅有的一次機會，不求回應的送出她所有的愛情。

十三歲，如花似玉的年紀，對別離的滋味還不是那麼清楚，她拜別了親人入宮。站在宮門之前，她有些暈眩，踏入這一步，就沒有後退的時候了。不是封貴妃、做娘娘，就是在宮裡孤老一生……一個十三歲的女孩兒，不曾想過這麼多，卻隱隱約約覺得一陣寒意。然而她是那麼年輕、天真，連愛情都不懂得，心裡想著的只是：皇上是什麼樣子呢？我能見到皇上嗎？皇上他可會喜歡我？他可會像哥哥疼嫂嫂那樣疼我？

進去了，就再也出不來了。

要離開這人間最富麗的金閣朱樓，唯有死亡而已。

一轉眼十五歲，她等著見皇上兩年了。還是記得當初對愛情的期盼，她才十五歲呀，還有好長一段時間，可以等著皇上。又是兩年，十七歲，她開始有些……失望。可她不願意在心裡頭聽見自己說「失望」兩個字，愛情是那麼美好，何況是天子的愛情？她實在不能夠輕易的讓自己對自己失望。一個人的時候，她就忍不住想起、那些在宮女們之間長年流傳的故事，說什麼某朝某妃在某時某刻某地，與皇上見了一面，就此皇寵加身，得了愛情也做了娘娘。「這是故事啊！」她對自己這麼說，可是她卻越來越常在宮裡的每個地方，看見皇上與她一次又一次的相遇。

「希望」恐怕是人類情感中最具韌性的吧。二十五歲，剛進宮的小宮女磨著她問有沒有見過皇上、會不會想見皇上，她咬著牙說，等了十二年，她等累了，不等皇上了。可是偶爾她還是看見她與皇上在御花園的某個地方，一見鍾情。

她始終沒有絕望，沒有像她說的那樣不等皇上、不盼皇上，直到那一天。二十八歲，她等著見皇上十五年了，終於在涼亭畔見著皇上了。可她還不能肯定呀，不能肯定眼前的皇上是在夢裡呢？還是真真切切的在涼亭內吟詩撫琴？然而，十五年來期盼的這一刻，卻比她想像中短得許多。她走進皇上的生命中，不如一朵花飛過他眼前深刻。皇上來了、皇上又走了。她還能期盼什麼？不知道、但不會是皇上了。

她不再期盼皇上了，卻不能不期盼。她知道她不年輕了，難道她這一生就注定了目光沒有焦點、心裡頭擺不了人麼？不……她不願意如此。皇上命令後宮宮女縫製冬衣送往邊關，於是她將一生的愛情寫成了詩藏在征衣之內，「就當這征衣是為夫婿而縫，只待他自沙場而歸」手捧著征衣，她不禁這麼想。這大概是她一生中最接近一個陌生男人的時刻了吧，她一針一線縫出的征衣，將要穿在他的身上……那個陌生的人兒在千里關塞外忍受著天寒地凍，她能為他做什麼呢？她能為他燒一碗熱茶嗎？她能為他呵暖凍僵的手指嗎？……想到這裡，她不禁多放了些棉絮在衣服內。這是她唯一能為他做的，她很貪心哪，她要跟他討一個來生之約。

你可會笑她，許下這虛無縹緲的來生之約？

若是你和她一樣困死在九重宮苑之中，你會明白，她的下半輩子因這首詩而有了寄託與依靠。「只要他得了我的詩稿，知道這煙鎖重樓之內，有一女子願委身於他，偶爾思及，便在心頭猜我幾分、想我幾分，而我，也似那有家歸不得的遊子，身雖漂泊，心有所歸，這也便罷了。」

是啊，有家歸不得總勝過無家可歸。

便是體會到這樣的心情，我為「雙月」寫下《三個人兒兩盞燈》。

雙月將愛情寄託在遠方，又豈是她一個人的孤寂?唐宮之內似她的女子可有著千千萬萬之多，過去的、現在的、未來的，一批又一批的宮女走了進來、留了下來，孤老了一生。有的與太監結成了有名無實的對食夫婦，有的與同儕姐妹互結同心，只求個照應。人都渴望被愛，但愛人何嘗不是一種本能?心裡頭有個人，想著什麼有趣的事、就想對她說，看她傷心、恨不能與她分憂，她愛吃什麼、討厭什麼，都牢牢的放在心裡，只想照顧著她，困死在宮中也無所謂，只要能與她一起走過所有孤單的歲月……「廣芝」看著雙月：想不起來從什麼時候開始，我的眼光再也離不開妳。是那個早晨，妳拉著我看凝結在草上的露水，說那好似滿地的珍珠?是那個夜裡，妳悶在錦被中，不肯露出臉，說妳想家哭得雙眼紅腫?記不得了，什麼都記不得了，我只知道、我是再也不想離開妳……

廣芝的寂寞找到了另一個出口。

「希望」是分分秒秒折磨著人，看得開的、放過了自己，早不作娘娘夢。看不開的、任由人笑她痴傻，就是不肯死心。楊貴妃與唐玄宗在長生殿裡互許盟誓，而梅妃獨自徘徊在梅林梅苑之間，低吟著〈樓東賦〉。失去歡寵的梅妃堪憐，不識人間情愛纏綿的雙月亦是堪憐，可梅妃啊，玄宗為她「負盡了三千粉黛」，曾經擁有過玄宗完整的愛情；雙月不曾得到、又談什麼失去的傷痛？唐宮之中最堪憐者，應當是「湘琪」這樣的女子吧。嚴寒乍暖、只讓餘冬更顯孤寂，湘琪曾與玄宗有過一夜之歡，就此枯守井畔，枯守著玄宗的戲言，反反覆覆問著：「你當真忘了嗎？那一夜……你說我像水仙一樣清雅」。湘琪守在井畔，看著梅妃走過去了，看著楊妃走過去了，卻再不見皇上走過來……春風一度，只徒惹花開又花落。玄宗的一舉一動、一怒一笑，梅妃是想忘也忘不了，湘琪記憶中的玄宗卻是越來越模糊。

《三個人兒兩盞燈》是關於三個孤寂唐宮女子的故事。

歷史上得到詩稿的那名兵士，因為不敢藏匿宮中之物，明知會為唐宮女子帶來殺身之禍，還是將詩稿上報朝廷，唐玄宗命人將詩遍示六宮：「有作者勿隱，吾不罪汝。」唐宮女子承認是她私自與邊關將士結下來生之約，玄宗同情她，便放唐宮女子出宮，與這名出賣她的兵士共結今生緣。同為女性，又體會到她的孤寂，我怎忍心讓她沒個好歸宿？為此，我將得到唐宮女子詩稿的兵士，寫成一個長年受困病體的男人，只有同樣感受到被囚禁的孤獨，才能互相憐憫。

《三個人兒兩盞燈》雖是京劇，但情感細膩動人之處，絕不亞於擅長談情的崑曲。王安祈教授的古雅曲文、女性思考，更讓這個劇本的情感闡釋深入、透徹、動人。《三個人兒兩盞燈》能夠演出要感謝兩位恩師，一位是台大戲劇系系主任林鶴宜教授，鶴宜老師接掌台大戲劇系之後，深感戲曲編劇對於戲曲發展之重要，不斷力邀安祈老師來到戲劇系開課傳授。還要感謝的是王安祈教授，跟安祈老師一起工作十分愉快，有如沐春風之感，挑選這個劇本演出是安祈老師溫厚之處，當初只是「戲曲編劇」課堂上的習作《征衣情緣》，雖有長處、但缺點亦是等量之多，安祈老師不看短處，反而注意到劇本的優點，做了去蕪存菁的工作，方能有《三個人兒兩盞燈》的演出。做為執教鞭者，安祈老師與鶴宜老師都是提攜後進、不遺餘力，做為台灣京劇發展的領航者、戲曲研究的佼佼者，兩位恩師的成就亦是令人敬佩萬分。

三個人兒兩盞燈

我懂得妳的深情

編劇理念．之二．

王安祈

在清華大學教戲曲多年，從不曾想過開編劇課，台大戲劇研究所林鶴宜主任找我去教「戲曲編劇」時，著實很為難，因為我從不認為編劇能教，創作的動力不是知識而是情感，情感豈能化為論述？創作是私密的心靈活動，情節人物是心境的曲折投射，豈能在講堂上公開宣告？這門課教得真是誠惶誠恐，沒想到後來收穫最多的竟是自己，同學的創意給了我許多意想不到的啟發，更在趙雪君的劇本裡尋覓到了情感的契合。

《三個人兒兩盞燈》原是雪君的課堂習作，原名《征衣情緣》。初稿還不太完整，我讀的時候情感的接收也不很順暢，可是，突然中間有幾個點，或是幾句台詞，或是某個畫面的描述，突然打動了我，猛地勾起心底某種情懷，毫無防備的，我在學生習作上，看到自己一滴眼淚，當下知道，我面對的是一顆珍珠。

是一顆多情的心，感動得我淚濕作業。多情的心就是創作的心，這是一個創作的人才！

上課時我仔細打量這個學生，打扮得奇奇怪怪，跟京劇、跟戲曲、跟傳統完全沒關係，很好，好極了，她是屬於現代的，她不受京劇的侷限，能為傳統帶來新思維！

當時的劇本雖不完整，但我看準了裡面有動人的情愫，可以搬上舞台。雪君靈慧深情，討論幾次，便修改得層次井然，人物鮮明。只有唱詞寫作她還不太熟悉，我便接下了這部分編劇的工作。

而這工作之艱難超過預估。

寫曲文唱詞有何艱難？情節架構人物對白都有了，我的韻文寫作經驗又還算豐富，不就寫幾段詞嘛！是的，真正花在寫詞的時間不過三、五日，而醞釀期卻達二十多天，這是一段情感契合的過程，更是心靈潛密的探索歷程。

戲曲對唱詞的要求，絕對不止於「文字美、韻腳諧」，唱詞不僅是形容、描述、對話，也不僅是心情告白，它經常像是靈魂深處的尋幽訪密。雪君建立了人物行動，而我們既同時遵循戲曲以「自剖心境」為性格塑造的主要方法，就必須以唱詞為人物行動找出動機。有些動機在外人看來是不合理的，作為人物心聲的唱詞，卻必須寫出當事人心目中之合理與必要；有些動機是劇中人自己都還梳理不清的，作為人物心聲的唱詞，卻要讓觀眾能夠理解，無論使用的手法是內旋深掘，或是自我究詰。更特別的是，這齣戲有許多不尋常的感情，年輕的雪君看待唐宮深苑，出現許多戲曲編劇從不曾有過的念頭，當我要用古典曲文呈現這些顛覆觀點時，必須先進入雪君的情感世界，懂得雪君的深情，才能揣摩她構思的人物該唱出什麼心聲；而我的探幽過程偏又反其道而行，有一段日子我不敢與雪君直接通訊息，我要從雙月、廣芝、湘琪的心靈隱曲中揣想雪君如何與這些人物相處。我之所以這麼做，實因我認為編劇是私密的內在活動，不容集思廣益公開討論，即使是合作，也應是相互探索貼近後的情感契合。因此，看似簡單的唱詞補寫工作，卻經歷了好幾度的心靈探訪與內在深掘，整個暑假，我也似身困在煙鎖重樓之中，孤獨幽寂，無限傷情。而在我懂得了她們的深情之後，下筆終得順暢，所考慮的就只是押韻措辭等形式問題了。

這一番潛入內在的過程，既苦澀又甜美。

年輕雪君看待唐宮深苑的顛覆觀點，主要有以下幾處：面對梅妃失寵，雙月竟暗生羨慕，被人深愛、又為人拋棄，那是怎樣的情懷？誰能告訴我？多情的唐玄宗，審理觸犯宮規的案件時，竟然回顧（甚至自憐）起自身的久困情海，乃以「人間情根仔細栽」作為對女性（以及對自我）的超解，如此細膩曲折的心思，是戲裡從不曾出現過的。而最特別的更在後面：雙月再嫁與廣芝的歸宿。

有朋友指出，在女性主義為思潮主流的時刻，似應多寫古代女子突破性別限制自我實現的例子，才是積極，而這齣戲卻背道而馳，劇中女子多尋求情愛依託，是否太缺少女性主體意識？而我以為，這故事更貼近古代實情，這戲走的不是批判嘲弄的路子，只是如實的呈現古代女性的幽怨無奈。封閉的社會（宮苑），多的是雙月這樣的女子，柔弱無依，卻有滿腔情愫一往而深，現實不可期，只得遙寄來生，而當虛渺的來生之約驟然成真時，卻面臨了突如其來的生離與死別。與廣芝生離的唱段，我刻意用了許多情人相戀的詞彙，強調的不是同性戀，純粹是天僵地塞中長久相偎取暖的親密情誼；與陳評的死別來得驟不可防無聲無息，雙月更加措手不及，再嫁文梁，固然是為另覓依託，而就文梁而言，實是完成好友託付，雙月與文梁的婚禮遂宛如靈前告慰儀式。這樣的安排，無需從道德角度理解，顯現的是人生層層無奈。在宮內以照顧者姿態出現的廣芝，一旦出宮，還來不及自由翱翔竟驚覺早已喪失了在真實人生存活的能力，「待展翅竟驚覺欲飛無力，才知道不識人間樂與憂」，雙月此時的深情相迎，對廣芝是多大的安慰啊，來不及拒絕，她進入了雙月的家庭，三個人兒兩盞燈，有一點曖昧，也有很多想像空間，廣芝並未嫁給文梁，卻未必表示雙月是雙性戀，幾個渺小又無奈的多情男女，在世俗觀點一夫二妻的保護夾縫中，各自尋求擁有一小塊有情天地。天地無情風雪相侵，無邊的寒涼冷寂中，一點微弱燈火便足以溫暖人心，三個人兒兩盞燈是情感的各覓所託，也是情感的永遠殘缺。

因為情感很不尋常，最初改劇本時本想規劃做實驗性「京劇小劇場」，然而完稿後卻發覺篇幅和情感濃度都足以承當年度大戲，編劇既是二十五歲年輕新銳，主演也可以是年輕一代的新組合，於是，出現了陳美蘭、朱勝麗、王耀星、盛鑑、戴立吾、孫元城三對美女俊男的新組合。一開始對大家說這故事時，我看到了每個人眼角的淚光，我知道大家懂得其中深情；而在「女人說女人」主軸中原本最為不安的導演李小平，在我讀劇給他聽時，猛地瞥見他想趁我不注意抹去眼淚。我也安心了，因為他懂得。這戲有年輕人的新穎點子，但是沒有故意的標新立異，一切建立在體貼古人的一片深情之上。多情的心，正是創作的心。

戲已順利演出了，回想當時讀初稿時流下的眼淚，勾動的到底是心底哪一層感懷？應該就是寂寞吧。戲曲天地裡行走半生，孤寒冷寂非外人所能想像。戲曲界近年看似熱鬧，實則能深情契合者何其難尋！不甘心把戲曲當作文化資產，不願只談傳統倡復古，極力想做的是利用傳統優美的表演來展現當代人新思維，但新舊之間的衝擊阻力，釀就的孤寂日深一日，誠如鶴宜主任的點題之說，寂寞，恆久的人生主題，這齣戲觸動人心處何止於情愛？一片深情面對茫茫天地，成就的是人生的各式孤寂。雪君構想的這齣戲，能邀集幾個懂得深情的夥伴共同創作，實是難得的經驗。然而人心中都有一方別人永遠不能理解的私密幽微之境，人人各擁一盞明燈，是永遠不可能的。三個人兒兩盞燈，很無奈的，已經是溫馨的極至了。

金鎖記

編劇理念·之一·

華麗與蒼涼的劇場設計

王安祈

作為京劇人，在張愛玲小說和現代京劇之間，坦白說，我是非常京劇本位的。最初想到以現代京劇演出張愛玲《金鎖記》，主要是為魏海敏量身打造，魏海敏的雍容華貴、典雅端莊早已深入人心，然而以我對她的觀察，美麗大方中透出的是堅忍意志與果決魄力，演梅派的黛玉、西施固然唱做絕佳，卻總覺得與本性不近，總要到了馬克白夫人與大鬧寧國府的王熙鳳，才揮灑自如渾然天成，而曹七巧，張愛玲筆下這位由壓抑怨怒至於扭曲、甚至變態之後猶能展現「瘋子的審慎與機智」的徹底人物，必能將成熟的魏海敏更推上頂峰。

同時，張愛玲以古典文筆提煉出舊派小說望塵莫及的現代性，寫出社會文化劇變中現代都會市民的虛無惶惑；而京劇，起自於清代的京劇，在當前台灣，如何轉換傳統忠孝節義倫理價值，如何以古典優美的表演闡釋出屬於現代的情思，是我多年來朝現代化努力的方向。戲曲現代化絕非無端挪用西方理論，古典記憶與現代感受之間的關係，才是反覆探索的主體。台灣京劇曾高度強調教化意義，大陸在樣板戲之後仍以崇高命題、宏大論述為創作主流，此時此地，張愛玲筆下的市井欲望人性脆弱（甚至腐敗頹廢），或許更為貼心。

張愛玲與京劇，就在這樣的思考下連結在一起。

這是做為藝術總監的思考，然而，一旦動筆執行編劇的工作，卻發覺實在是自討苦吃。

張愛玲動人處首在意象，紛至沓來的尖新意象不僅是修辭技巧、情境描摹，更是心底隱密的形象化，或人物關係的隱喻象徵。張愛玲以筆運鏡，而一旦改編者被誘上鉤，想要用舞台或電影鏡頭來呈現時，才發覺聰敏剔透的張愛玲早在一旁冷冷譏誚：「入了我的陷阱了吧！」

起初不死心，仗著京劇有唱詞，硬是把意象一一轉換為曲文。費盡心思後，卻發覺敘事結構無從確立，導演讀初稿，皺著眉頭做出兩字評論「沒戲」！一盆冷水當頭潑下。失望之餘，我與雪君改弦易轍，純從戲劇構思戲劇，於是，三十年前的月亮、褲腿裡飛出的白鴿子、一滴一更十年百年的酸梅湯……這些小說意象徹底放棄，我們要另行設計屬於劇場的語彙。

京劇《金鎖記》說的是七巧的一生，但我們不按照時間順序線性敘述，轉而選擇七巧生命中的重大事件，分為幾個塊面，這些塊面或重疊或並置，以意識流與蒙太奇手法為其敘事策略，採取「虛實交錯、時空疊映」手法，達成「自我詰問」的性格塑造，以及「照花前後鏡」的結構照應。

「虛實交錯、時空疊映」表現在一開始，沒有開幕曲，改用幕後的人語參差表達眾人對曹七巧的背後評論以及曹七巧在大宅門裡的處境；耳語參差中，「新娘妝扮的七巧」與「姑娘家的七巧」相互對照舞蹈，「嫁入豪門前的女主角」和「姜家二奶奶」的兩層身分自我探問、相互究詰；這是全劇於開場之際即揭示的「虛實交錯、時空疊映」與「自我詰問」創作手法。而後曹七巧哼著「十二月小曲」上，這一小段是夢境、是幻象，也是曹七巧人生的另一種可能，如果她嫁的是中藥鋪夥計小劉，她的人生將走在正常軌道上，正月、二月……依序延展，然而，「十二月小曲」中流斷截，在五月石榴的火紅高點上戛然而止，「你叫我什麼？我的名字？七巧？我叫曹七巧!?」像是自報家門，更是藉「自我究詰」戳穿幻象，跌回現實的曹七巧在姜家宅院裡默默拭去腮邊的「一滴清淚冷如冰」，在耳語參差裡過著她的人生。

「虛實交錯、時空疊映」延續在第二幕，兩場婚禮的交相鏡照。三爺婚禮紅暈滿堂，只有七巧一身青白，暗示著心境的抽離，拜天地聲中，回憶起當年自己的婚禮，出嫁前夕對著閃爍搖曳的鏡裡光影自我審視的一幕浮現眼前。當年內心的抉擇，眼下的幽憤難抑，對未來惶惑卻仍企圖掌控的心思，三層時空，參差疊映。同樣的，第五幕公園與煙榻的錯落遞換，也是兩個空間並陳，這樣的安排，掌握的不僅是傳統戲曲時空流轉自如的特色，更是現代京劇對區塊切割做出和主題相應的有意設定，因而，蒙太奇貫串全局，小劉的幻境是起始也是終結，曹七巧的人生是選擇的結果，在小劉踏實愛情和姜家黃金枷鎖間的選擇。

敘事結構為舞台、燈光甚至編腔提供了揮灑空間：光影變幻，輝煌與陰沉交錯遞換；音聲交疊，得意與失落相互呼應，劇場的迷魅在這裡。

兩場婚禮，兩場麻將，兩段「十二月小曲」，兩段「吃魚」，映照出的是正變、虛實、真假、悲喜的變化，形成結構上如「照花前後鏡」般的參差對照。

豪門家宅的麻將牌戲，隱藏著三爺對曹七巧的情愛調笑，攻防探測間，佛堂二爺身影始終處於陰暗一角，木魚聲、咳嗽聲穿插在麻將搓洗中，像是監控，也是七巧心靈隅落的陰鬱怨怒，同時，木魚聲、咳嗽聲、麻將聲取代了京劇鑼鼓。

第二度的麻將牌戲，改實打為虛擬，四人並排而坐，一同面向另一個房間的媳婦，形成「審判」的場面。七巧將親家母逼得全無招架之力，就在大獲全勝之際，光影驟變、陰霾乍起，得意的曹七巧竟在幽暗中喃喃碎語，似是仍在品味方才的勝利，其實已不自覺的流露心底的顫抖哀音。喧囂與荒涼、擁有與空虛，吊詭的並陳於剎那。

曲文寫作，在唱腔配合下成為京劇意象呈現的主要方式，不是小說意象的轉譯，是京劇的自我創造。「鴉片」唱詞刻意迴還往復、交織重疊，以營造迷濛茫昧麻痹的情境，其中又隱含了七巧對兒子（「我這生唯一的男人」）變態的情感；「吃魚」唱腔形成的戲劇動作，出入虛實之間，真幻難辨，詭異幻魅驚悚；「十二月小曲」不僅是七巧愛情的嚮往，長安的人生也一度欲與此重疊，可惜的是，母女兩代的幸福人生都在「氣氤氳、影朦朧」的重複歌聲中葬送，五月榴紅的繁華盛景，永遠是遙不可及的幻象。而這一切都以整體架構的虛實交錯為基礎。

蒙太奇是空間轉換、區塊切割，也是呈現主題的策略。光影明滅間，歲華流逝，如花美眷頹然老去；音樂語調轉折處，主客易位，得意張狂頓成蒼涼；華麗盛景的影像猶存眼底，表演主體已然轉為寥落殘破，而與「繁華／殘缺」之參差對照相互呼應的，是空間擺設與走位調度。姜家宅院家丁僕人穿梭走動，一來完成「檢場」換景功能，同時更是日常生活的自然行進，七巧的愛欲嗔怒遊走其間；分家後七巧擁有了屬於自己的空間，而家具的陳設扭曲尷尬，七巧的情欲流動在畸零的空間裡。

這是編劇、導演、表演、舞台、燈光、音樂、服裝的整體設計，編劇不是案頭的文字筆耕，劇場的意象要由所有創作部門共同形塑，從敘事結構到光影與音聲的錯落層疊，而這或許是目前能想到體現張愛玲「華麗與蒼涼」的唯一手法吧。

金鎖記

金鎖與情鎖

編劇理念・之二・

趙雪君

京劇《金鎖記》雖名為《金鎖記》，其實融合了張愛玲《金鎖記》與《怨女》兩部作品；而雖名為「融合」，其實又只是敷演出《金鎖記》當中所不足的動機與情感。動機與情感充足，七巧後半生的發狂才能順理成章。

為此，整齣戲分為兩部分，前半部鋪陳七巧的處境，後半段則呈現她尖刻澆薄的扭曲性格。利用舞台空間分割的靈活調度，戲一開始先呈現大家庭中耳語不斷、無片刻隱私的特質，逐步營造七巧嫁入豪門後，所面臨的「滿手金銀用不得」、「眼前之人碰不得」金鎖、情鎖雙重困境。在金鎖的部分，除了小說當中原就有的情節，特別增加了七巧丈夫「二爺」的戲份，藉由二爺與七巧的互動——殘廢的二爺沒有能力管住妻子，除了以金錢威脅，而七巧必須忍耐著身體任由二爺宰制、以換取金錢——這樣的設計除了將金鎖具象化，也隱隱暗示了「身體」，尤其是一個健康的身體，在七巧的愛情中佔了什麼樣的地位。

困住七巧的情鎖季澤，正是一個擁有健康身體的男人。

小說開場時，季澤正新婚。戲則將時間挪至季澤娶妻之前，時間跨度的改變提供了另一種不同於小說處理七巧與季澤關係的空間。一個未婚小叔子與嫂子之間各種曖昧的言語，一次又一次地，在人來人往的大家庭中，偶爾尋得片刻沉寂的某個角落時發生。是這些說起來輕如三月翻飛楊花般的甜言蜜語，在七巧心底栽下終生刺痛的情種。愛都愛了，停不了了。

情種生成了情鎖，七巧對季澤的期望由於情感的日益濃烈而日益退縮。她太愛他了，以致於季澤結婚時，她不能承受地躲在屋裡，而門外的吹打喜樂聲，卻將她催回嫁入姜家前的記憶裡。她終於承認，這一切沒有人逼她，是她自己的選擇。七巧選擇了金錢，得不到金錢；想要季澤半點真情，無奈人如飛絮、載不動幾許真。也罷，真不真也不問了，就問一個身：「難不成我跟了個殘廢的人，就過上了殘廢的氣，沾都沾不得？」

依照小說提供的線索，戲裡安排了七巧兩度從追求真情落空、反倒緊握住金錢作為補償的描寫。第二度即是七巧後半生走向完全變態的轉捩點。在七巧的表白被季澤拒絕後，又過了十年，已是寡婦的她終於分家自立了門戶。半年後，季澤毫無預期地來訪，滿口真心真意，其實卻是要騙七巧的錢。有那麼幾秒鐘，七巧相信了。若不是信了這幾秒鐘，感受到了命運欠她的愛情，她不至於暴怒，最終趕走了這一生她唯一愛過的男人：「一顆真心盼不到，一點真情早已拋，一絲絲真意竟也如夢杳，一生一世誰與我真情換兩心交？紅顏始為金銀誤，金銀紅顏終伴老」。

七巧發狂了。小說的後半部是七巧對家人無止盡的折磨，戲裡亦是。只是戲裡特別抽出一個《怨女》中僅僅被略微提過的角色，曹記香油對門中藥鋪的小劉。小劉與姜家是在同一天向七巧提親，而七巧選擇了姜家。小劉不是七巧的選擇，卻在她後半生以幻象的形式出現，每每七巧拿起鴉片煙管，不管是為了麻痺過去、現在還是沒有希望的未來時，小劉都出現在她的幻境當中。七巧曾經愛過他，但早已忘卻他的容貌。他們之間也不是愛情，是象徵七巧可能有的另一種人生。作為「選擇」的象徵，小劉也不斷的向七巧提供另一種選擇，「放過芝壽吧」小劉說，即使在已是腐爛不堪的此刻亦然。

七巧終究聽不進小劉的話，也不曾做出另一種選擇。京劇《金鎖記》的結構首尾相映，開與收俱在七巧與小劉。開場的夢境是七巧、小劉、長白、長安的平凡家庭生活，結束的幻境小劉說：「妳若是跟了我，何至於此？這兩個孩子，又何至於此？」遙遙呼應好久以前七巧曾有的一個夢。「選擇」是閱讀《金鎖記》之後產生的觀點，並以小劉一角始終貫穿全劇傳達改編觀點。

青塚前的對話

編劇理念

昭君與文姬的心靈私語

王安祈

「文姬，妳自有彩筆寫自身，昭君卻任由歷代文人形塑，生也飄零、死也飄零！」

「昭君，我們都是文史書上的幾許光華，何為真？何為假？」

青塚的對話，出自漁婦的幻聽，
歷史的成敗興衰、文學的喜怒哀樂，不也是一場幻象？
人生空漠、虛實難辨，
而　漁婦仍在傾聽！
文心、詩韻、彩筆、琴音，
永不退場。

《青塚前的對話》是王昭君與蔡文姬的心靈探索。《昭君出塞》與《文姬歸漢》，不僅是京劇兩部名劇，更是中國文化傳統裡兩幅蒼涼美麗的圖像。

昭君懷抱琵琶，一步一步走向大漠黃沙，遙望前方，迎接自己的是不可知的未來；回首漢宮，值得留戀的又是什麼？愛情？誰的愛情？君王嗎？那是愛情嗎？

文姬拋別了親生兒子以及相依十二年的胡人丈夫，獨自踏上歸鄉旅程，居住了十二年的異鄉已成家鄉，遠方真正的故鄉，田園荒蕪，親人不在，迎接她的是什麼？

生年不滿百，是誰讓人生硬生生的撕裂割離？

「故鄉——異鄉」之間程途迢遞，昭君與文姬往返其間，行走的姿態，塑成兩幅蒼涼美麗的圖像，這兩幅圖像，承載了幾千年來多少人的亂離情感？這是兩幅永遠無法完稿的圖像。

《青塚前的對話》試著再在上面添一筆水墨。

《青塚前的對話》是國光劇團第二部「京劇小劇場」作品。二〇〇四年國光劇團率先以「京劇小劇場：《王有道休妻》」嘗試戲曲的前衛實驗之後，引發熱烈迴響，對於其他戲曲劇種也有重大影響。二〇〇六年《青塚前的對話》第二度探索實驗，我試著以「後設」筆法安排王昭君與蔡文姬的跨時空對話，藉由「女性議題」卻欲對「文學的創造力與矯飾性」作一番辯證，進而究詰歷史／人生的虛實真幻。

關於女性部分，《青塚》對於王昭君蔡文姬有異於以往傳統書寫的特色在於：

在歷代文人筆下，昭君出塞時的心境主要都集中在「思劉想漢」：難捨漢王的愛情與漢朝祖國。但是，站在女性觀點，要問的是：昭君和漢王之間存在什麼樣的愛情？同時，傳統強調的故國之思也只是文人心境的投射（例如元代文人馬致遠將受蒙古統治的屈辱投射到昭君身上）。而君王之愛與國族之思，未必是女性個人生命中最重要的環節。因此，《青塚》對昭君的出塞心境作了全新的處理：昭君盛裝姿容（「裙拖六幅湘江水，環珮鈴鐺登殿前」），以開屏孔雀般的絕代美色辭別漢王，令漢王張口結舌後悔不已。當人生願望縮小到只剩「令對方悔恨」這一小點之時，昭君命運的悲劇性已深刻體現，而昭君以美色「復仇」，最後卻自嘆：「輸贏俱在芙蓉面，此生終是誤嬋娟」，對於容顏的自嘲自嘆，點出古代女性的生命困境。

對於文姬，《青塚》捨棄了歷代作品已再三強調的「胡漢之辨」，轉而以「文姬自有彩筆寫自身」與「昭君全受文人操弄」作為對比書寫。昭君之死眾說紛紜，無論是一出疆界立即自盡，或是留在胡地生兒育女，都出自文人之筆，真實的昭君何在？人生／歷史的真相何在？一切都是文學的創造！才女文姬能自抒心境，但〈悲憤詩〉或〈胡笳十八拍〉裡透露的是文姬真實的情感嗎？文姬在文學史上留名的〈悲憤詩〉〈胡笳十八拍〉，讓後代學者傷透腦筋考證真假，而我不想分辨詩篇的真偽，想探究的是這些作品究竟是真情告白或是美化矯飾？透過文姬之筆創造的文姬恐怕也未必真實，文學具備十足的創造力，文學也隱含了十足的矯飾性！人生歷史、真實虛幻，誰能分辨？

而這一切對話，都是漁婦的江上一夢。

劇中這位不自知容貌卻對著江面三探容顏的漁婦，像是站在時間之流的停駐點上，沒有悲歡離合生命體驗，只能從古人（尤其女性）生命經驗中尋找自己情感的投射對象。像是「聲音之魂」的她，隨時傾聽萬籟之聲，江濤、雁鳴、落葉之聲，幻化為「文心、詩韻、彩筆、琴音」（這四個女性歌隊，像是四個音符，也是四道心曲的化身意象），隨之引入時空之流，上通古代女性悠悠情思。於是，全劇開頭的崔鶯鶯、李亞仙對話，或許是漁婦聽到的波濤之聲，而後文姬昭君的對話，也是漁婦聽萬籟有聲的冥想，最後文姬昭君不顧形象的對罵互嘲，說穿了也許只是一陣大自然的疾風迅雨。這段對罵，我想藉漁婦之「幻聽」對歷代文人做出嘲弄：歷代文人總愛把文姬與昭君相互比較（例如譏文姬不能如昭君般全節），與其由後人將二女相互較量，不如安排文姬昭君之對罵以為全劇終局。這是《青塚》由女性議題滲透到文學／歷史／人生的方式，也是層層「後設」筆法所欲達到的「藉古典嘲弄古典」（也嘲弄編劇自身）的作法，而「相互鏡照、層層疊映」的舞台設計，自與主題成為有機融合。

文姬、昭君與漁婦，發出了由古至今從未消歇的感嘆，超越時空、凝視歷史。《青塚》的這三位發聲者，由《三個人兒兩盞燈》裡的三位美麗女主角陳美蘭、朱勝麗、王耀星擔任。陳美蘭兼擅京崑，崑劇對於美蘭表演藝術的助益，不僅在於柔美精緻的身段，更在於內心戲的深刻化，女性內在一股「幽約怨悱、恍惚難言」的情絲心緒，美蘭往往能在一轉身一回眸之間細膩傳遞。朱勝麗的特色是在古典戲曲中透出的現代感，能在俏麗的花旦做表裡流露一絲「清冷疏離」，眉眼之間似嘲弄又似睥睨，嘲弄的是對方、也是自身，睥睨的是世態、更是人情。王耀星在《三個人兒兩盞燈》裡，成功運用程派嗓音的特質與孤挺峭拔的身段，將性別關係「詭異化」詮釋體現。除了三位女主角之外，還有四位女性歌隊（音符），有時是漁婦「聽萬籟有聲」時的另一段喜劇故事，有時是昭君文姬心曲的延伸，悲、歡、離、合湊集而成的人生，悲喜翻轉往往在一瞬間，何謂悲？何謂喜？一樣的真幻難辨，這四位「意象化角色」的服裝最難設計，有幸能請到二〇〇六年國家文藝獎林璟如老師擔任這齣實驗劇的服裝設計，璟如姐的服裝不僅是演者的「第二層皮膚」，更是她對藝術深刻透析後的意象外現。

戲裡穿插了很多文學名著（馬致遠的《漢宮秋》、李開先的《園林午夢》、程硯秋《文姬歸漢》以及許多有名的詩文等等），意不在用典故，反而有幾許嘲弄，文字的玩弄和真幻虛實悲喜的題旨交互為用，難度可想而知，而我對導演李小平完全信賴。小平出身京劇專業，長期以來自在遊走於現代劇場和傳統戲曲之間，喜劇節奏的掌握早已為觀眾所熟知，近期在《三個人兒兩盞燈》裡對悲劇氣氛和女性內在的刻畫調度才華更令人驚喜，《金鎖記》不僅在近代服裝的氛圍中完全擺脫大陸的「樣板味兒」，更在「劇場電影化」的高度技巧裡深刻體現扭曲的人性。《青塚》將是小平才華的進一步呈現。《青塚》的內蘊或許不只指向性別，希望能達到文學與哲思搖曳生姿——當然這只是我的期望，創作過程中很惶恐，感謝設計師和表演者的合作，更期待觀眾的鼓勵！

導讀闡述

男性導演的女性意識

李小平

很高興看到安祈老師和雪君的劇本集《絳唇珠袖兩寂寞》出版，書中收錄的四個劇本皆是由我執導、國光劇團演出。從二〇〇四年至二〇〇六年間陸續演出的四齣戲也恰巧標誌著近年來我在導演手法與文本擇取上的逐漸轉向。

二〇〇四年夏季，雪君初次加入安祈老師與我的工作團隊，第一次在台大對面的西雅圖咖啡開會時，粗略看過的《三個人兒兩盞燈》劇初稿，並沒有引起我太多的情感反應；十月，安祈老師將唱詞修改填寫完成，在國光劇團的辦公室，我坐在老師面前，讓老師逐字逐句地將劇本讀給我聽。聽著聽著，一滴眼淚悄然滑落，本想趁著安祈老師不注意偷偷抹去，卻還是讓老師瞥見了。那一滴眼淚、《三》劇中濃郁的女性生命情感，在我預定的道路上，開啟了一扇意外的門。起初是被安祈老師與雪君強迫進入女性的視角與生命，而後卻藉由女性深刻地延續到文學上的題材，《金鎖記》。我對於「形式」原先的興趣仍未消減，但在二〇〇五年《三個人兒兩盞燈》與二〇〇六年《金鎖記》之後，「內容」已是我擇取文本時首要的考量條件。

以下分別談談四齣戲。

「重疊」是我處理《三個人兒兩盞燈》視覺畫面的主要策略。角色的生命經驗重疊、處境的重疊、渴望卻虛幻無法完成之夢想的重疊，看似每個角色擁有各自的情感脈絡，其實是一份共同囚禁於有限空間的真實感受之不同面向。例如，梅妃在花園中訴說著情冷被拋開的幽怨，尚未下場只是隱身於畫屏之後，隨即雙月吐露青春空負的孤寂；兩兩映照，畫屏之後的梅妃如同囚禁於一方小小的畫框之中，而畫框之外的雙月等人，又是受困於另一個更大的畫框——皇宮的閣院樓台、涼亭水榭。又如湘琪回憶中拜別父母，呈現在觀眾面前的不止是湘琪入宮前的心情，在舞台的後方，小宮女們同樣也在無言地回憶著屬於自己的那一刻。「重疊」是她們生命經驗上的重疊，然而當湘琪以美好的期望來遮掩離別的悲傷，後方小宮女們又化身為送行的親友，鬼魅地、夢魘似地不斷重複著「做娘娘、做娘娘、做娘娘……」，彷彿暗示還有無止盡的女子將持續循著同樣的足跡入宮，以「重疊」的策略敘述個案，進而匯聚成為主題上的能量。雖然是古代的題材，《三》劇文本內容卻疊映了現代人在夜闌人靜獨處時刻、難以面對的內心孤單。是這樣的感受讓《三》劇的現代意識強烈，因此在形式的處理上便沒有特別去凸顯與強調。

關於《三》劇主要氛圍的定調，是透過與舞台設計傅寯先生不斷磨合的過程。最初是將舞台氛圍定調為「冰冷」與「宰制」，舞台設計以石灰底的布景大刺刺地昭示著禁錮的生命，以矗立於後宮巨大的殿柱象徵宰制的力量。然而細嚼文本，這戲並非全然冰冷入骨，而是冰冷中透著溫暖，殿柱在舞台上的解讀也可能過度雄性象徵，確定「冰冷」與「宰制」並不是《三》劇所欲表達的重點之後，慢慢地冰冷色調淡去，底蘊透出來的是微微的希望，因此便以傳統的宮廷元素亭台樓閣取代，仍舊是為後宮女性的有限生命加框。

舞台氛圍依著文本定調之後，唱腔與表演亦採取與過往不同的策略。編腔方面不能像過去讓觀眾純欣賞唱腔的方式，演員唱得淋漓盡致、而觀眾聽得酣快盡興，而是要在唱腔中看到劇中人物的情感，透過不那麼裝飾的旋律情感，徐緩地、微微地，讓觀眾覺得是聆聽朋友之間的對話，以此來參與角色之間的私密話語。而表演上則以「幽靜內在」來取代「抗衡吶喊」的原則。京劇不容易處理內心戲，能用的只有肢體，以前我服從於戲曲的形式，掌握某些幽微情感予以擴大，以程式展現與敘述，所以演員演得聲嘶力竭，觀眾卻是處於疏離的美感當中。《三個人兒兩盞燈》的一滴眼淚我動了真情，再也沒辦法用渲染、用向天地控訴的方式來處理文本，轉而追求如同湖心向外蔓延的漣漪，輕柔地一波接著一波，以細膩的方式來處理情感的綿延。這個基調成為及至目前為止我的主要發展方向。

由於《三個人兒兩盞燈》使用的「重疊」策略，紀慧玲小姐在《表演藝術》為本劇下了「意象京劇」的定位，我以為是相當精準且有眼光的評論。「重疊」這個策略也在《金鎖記》中繼續使用與發展，在《三》劇當中，是由導演在劇場中賦予構成調度上的重疊；而在《金鎖記》當中，文本已經呈現多線並置的敘事交融，在「重疊」的使用上更加純熟與內在化，是文本書寫與導演手法上一致的策略。

導《金鎖記》最困難的在於挑戰張愛玲小說的美學意象，然而這卻也是最享受的。全劇的五幕情節擺脫了原著小說的敘事脈絡，小說中的意象也轉化成劇場特有的詮釋。而從小說意象轉成舞台符號的嘗試，是由於在文本編寫的過程中屢屢跌跤，而後才回歸劇場本位，找到更為恰當的方式。

除了「重疊」之外，尚以「鏡像」與「虛實共述」作為輔助的導演策略。我為文本區分的五幕各自尋找了主題，找到五個述說曹七巧的脈絡。第一幕以傳達七巧的「處境」為主，具體的戲劇行動是麻將，在這個社交場域上，可以看見七巧難以融入大家庭中、而必須建立自我防禦的攻防戰略，同時也在與大家庭的互動當中，七巧的黑暗性格逐步地建立起來。第二幕是七巧的「愛情」。其中有她曾經可以獲得、夢想中的美好愛情（小劉），以及現實中渴望但越來越遠的情感落空（三爺），藉由舞台上的空間符號——七巧房中象徵鏡子的半鏡框、所折射出來的鏡像傳達。舞台氛圍則是以七巧內心的極冷、與外在環境三爺婚禮的極熱，形成高反差來對照出七巧的困境與難以適應，從中流露出深沉的無奈。第三幕是七巧的「宰制」。曹七巧由一個等待別人給予的被動角色、轉變為主宰他人生命的力量，隱隱作祟的黑暗性格在七巧成為主宰者之後，霸道地宰割她身邊最親近的人，第三幕中更以「纏足」這個在小說中並非重點敘事的情節設計，濃縮了小說當中七巧與長安的故事情節線，並以此構成七巧鮮明的主宰者姿態。第四幕是「燃燒」，既是在鴉片燃燒煙霧中，七巧產生了小劉的幻覺、回憶過往曾有的一點純真（小劉與舞台上使用的道具小櫃子同是純真的象徵），也是七巧燃燒著她一雙兒女的生命。而參考上海舊民居石庫（窟）門設計的舞台布景，像張口的獅子，每個走進來的人都在七巧的掌握之中，七巧也殘忍地將每個人都推入石庫門的深淵。第五幕則是「枯萎」。全劇來到了七巧生命的末端，她僅有的執行力只存一張利口毒舌，成日地說著無意義但句句傷人刺耳的言語，正是藉由這些言語，七巧吸吮著自己與他人的生命力，如同小說中推至腋下的翠鐲般，逐漸萎縮乃至徹底乾枯。

「重疊」除了在五幕的敘事線索中可以看見，前後兩場「婚禮」與「麻將」也是同樣手法的擴大使用。如前所述，第一場婚禮發生在以愛情失落為主題的第二幕，採取極熱極冷的反差手法；而第二場婚禮是在以燃燒為主題的第四幕，如同燃燒過程中的蠟油，兩者皆不存在婚禮該有的喜悅，婚禮這個符號的使用，僅是為了對照七巧的生命。而兩場麻將戲，也是重複使用但氛圍截然不同的場景，第一場的麻將暴露了七巧在社交處境的劣勢，第二場的麻將是對兒媳婦芝壽的審判，這是七巧自己設的局，一場宣示她才是主宰者的遊戲。

原著小說中許多經典意象並沒有在劇場中呈現，例如酸梅湯滴落時、如同百年孤寂之久的一剎那，例如三爺褲管迸飛出的白鴿子，例如三十年前的月亮。只要是小說中最被期待看見的意象，在劇場我們一律捨棄。一方面是呈現上有困難，另一方面是想充分展現劇場不同於小說的特色。七巧骨癆的丈夫，二爺，雖然沒有任何行動力，然而他卻以木魚不斷地敲擊、催動七巧的情緒。戲劇的外在形式很難呈現幽微的情感，因此便要藉由各種舞台元素的共同使用。又如那映照著人世流變的月亮，第五幕末尾以七巧一生浮光掠影的記憶取而代之，七巧最後一刻，她一生中愛過的、恨過的、傷過的人，一一出現，我在後舞台做了背投剪影，彷彿是一個個與她生命毫不相干的旁觀者、觀看著她的下場。

諸如此類劇場新創造出來的意象還有七巧的鳳紋耳墜、與三爺慣於拿在手上把玩的玉飾。鳳紋耳墜連接愛情的渴求與失落，進而成為纏足一場中，七巧下定決心替長安裹腳最後一波也是最強的浪潮。而這個象徵愛情的鳳紋耳墜，由七巧耳畔的擺動綿延至三爺手中遊戲似地甩啊甩的玉飾，撞擊著曹七巧情感意象的晃動。不論是三爺輕拂鳳紋耳墜，抑或者是手中甩弄的玉飾，都僅止於三爺的無意識，就像他對待七巧一般。

關於《金鎖記》，作為一個京劇導演，我很自豪的說，原著小說中辛辣的語言大概除了京劇演員能夠完美體現，一般的舞台劇大抵是很難呈現出來，尤其曹七巧乃是由口齒工夫如此出色的京劇名伶魏海敏小姐飾演。語言本就是《金鎖記》最重要的特色，除了魏海敏小姐精湛且傳神的演繹了曹七巧，我也著意以語言營造劇場氛圍。《金鎖記》不以傳統的旋律開場，而是以大家庭中的竊竊私語，鋪墊了開場而來七巧生活在語言戰爭中的處境。

二〇〇四年的《王有道休妻》與二〇〇六年底的《青塚前的對話》同是屬於京劇小劇場的嘗試。《王》劇以陳美蘭（青衣）、朱安麗（花旦）兩位旦角演員同台共演詮釋一個角色，不是完全分裂的兩個人，也存在交互影響的情形，簡言之是如同麻花般的糾纏。另一個處理是將御碑亭擬人化，產生了觀看的視角、和亭子中避雨的角色彼此互動，便可作為全劇的見證。遺憾的是，在形式上《王》劇仍舊無法突破傳統劇場，然而日後從《三個人兒兩盞燈》開始的轉變，其實在《王有道休妻》便已破土萌芽。

《青塚前的對話》比《王有道休妻》更前進了一步。由於不以劇情依歸，故整體所欲傳遞的是幽深隱微的內在情感，期望將細膩的情境呈現出來，讓觀眾既是觀劇又是參與昭君、文姬之間的交談。為此設計了三面環坐的舞台，燈光也刻意打在壓抑的劇場氛圍之中，配合走道的設計，讓觀眾如同置身於墓穴。而在舞台素材方面，特別對照京劇中典型的昭君文姬之服裝，使用了非戲曲的材質來設計舞台空間，如四周豎立的玻璃屏，在燈光的配合之下可以映出劇中人的幻影；如地面金屬材質的江河映月，可將角色自身的身影映照其中。這些素材的使用，皆是為了製造「透明感」。而透明感也是《青》劇的主要調性，昭君文姬彼此坦述各自的生命經驗便是心境上的透明。又如蘆葦花散落舞台空間，亦是昭君與文姬的生命象徵，昭君已逝、文姬正要踏上歸途，她們的生命都是無法改變的處境，故而以弱質的蘆葦花呈現，既營造出荒塚的氛圍，也暗喻了女性在大歷史下如同蘆葦花無法抗衡大自然，只能迎風飛舞、又隨風消逝。

回顧三年內的四齣戲，可以說為我今後的導演基調照見了一條明確的路徑。此刻手邊馬不停蹄準備的是向觀眾呈現國光劇團二〇〇七年度製作《快雪時晴》。《快雪時晴》並不是屬於女性意識的創作，然而我自女性乃至於文學題材中、摸索與擇定的方向「幽靜內在」，仍舊是處理《快雪時晴》時一以貫之的手法，同時也希望藉此開展台灣京劇不同於大陸京劇的另一種發展與風格。

劇本

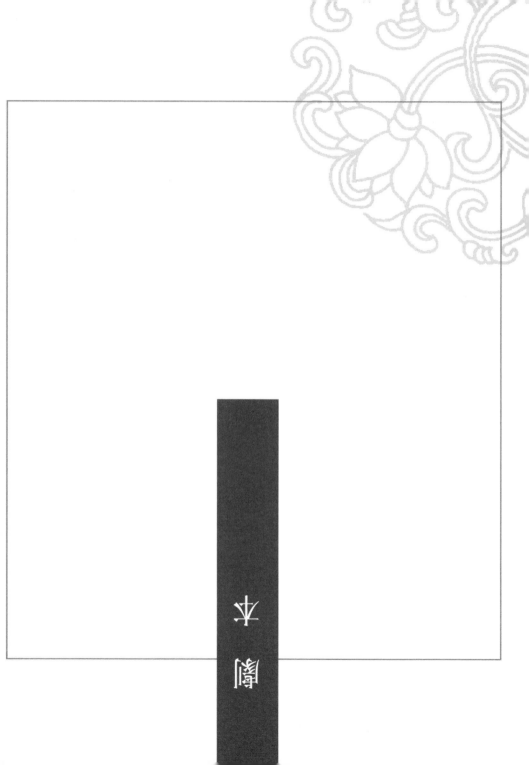

王有道休妻

京劇小劇場

傳統京劇《御碑亭》的新編顛覆版

攝影／林榮錄

人物表

王有道

孟月華

王有道妹

書生柳生春

王有道妻孟月華分由青衣、花旦兩位演員同台共飾，劇本分別以「孟月華（青衣）、孟月華（花旦）標示」

第一場：別家

〔王有道、孟月華（青衣）、王有道妹，三人同上〕

〔三人中顯然老生是主體，動作最大，妻子和妹妹都像附屬品，妻子木然而立，妹妹還稍微有一點活力。三人一起出場，但是不用傳統的「引子、定場詩」，妻妹的身分一律由王有道介紹，發言權掌握在王有道手中〕

王有道：卑人王有道，這是我的妻子、賢妹，家住京城。幼讀詩書，經綸滿腹，早該是國之棟樑，只是不曾應舉。如今又到春闈動、選榜開之時，本當赴考應試，怎奈人丁單薄，我一出門，世人盡知我家中只餘妻子賢妹兩個青春美貌的女子，叫我如何放心得下？為此已然蹉跎多年，眼看年過三十，心中好不煩惱也。

孟月華（青衣）：夫君不必煩惱，你且放心赴試，小妹有為妻照應。

妹：小妹已然長大成人，一切都聽嫂子的，不會四處亂跑的。

孟月華（青衣）：敢問夫君，離家幾日？

王有道：今日、明日、後日，整整三日。

妹：喲！我當是三年五載呢，原來只有三天！

孟月華（青衣）：我姑嫂二人，小心提防，謹守三日，夫君不必憂心，前程要緊。

王有道：如此，妳二人聽我吩咐。

姑嫂二人：是。

〔妻妹轉身取行囊、披風〕

王有道：〔唱〕

雖然離家時日短，
家中防備要萬全。
門底需記塞棉墊，
麻繩雙絞門栓嚴。
窗櫺隙縫加針線，
提防歹人薰香燃。
娘子青春玉容豔，
這幾日妳務必要、柳眉低垂、杏眼半瞇、端肅儀容、正心誠意、莫教他人暗垂涎。
切莫倚門將夫盼，
也免得、勾動他——

妹：他？他是誰呀？在哪兒啊？

王有道：我若知道，還會這樣憂心嗎？在座諸君，俱都可能是他！

〔接唱〕

也免得勾動他、陡起春心、色膽包天！

倘若不慎遭劫難，

那時節、那時節，恩愛夫妻不到頭、大限來時……唉，女子名節最為先！

〔唱這段時，王有道叫妻子用披風外衣當舞蹈工具，表演塞門縫、糊窗戶等身段，王有道一邊唱，妻子一邊就已經把這些交代的事做完了〕

〔披風是妻子對王有道的關心，王有道卻拿來當作禁錮的工具〕

妹：您這是出門應考，三天就回來，怎麼這麼囉唆啊？

王有道：這叫居安思危、防範未然。

孟月華（青衣）：我二人這三日端坐正堂，正心誠意，時刻提防，請夫君放心登程。

王有道：妳們要小心了，我這就去了。

孟月華（青衣）：願夫君此去，文章得意、高中金榜！送夫君！

妹：送哥哥。

王有道：小心了，三日！〔誇張又緊張的唸「三日」〕

〔王有道下，孟月華和妹妹誇張的端坐如泥塑木雕，一動也不動，暗燈。第一場結束在泥塑木雕的畫面〕

第二場：祭祖

〔燈亮時，孟父孟母已經在台上〕

孟　父：清明時節雨紛紛，

孟　母：路上行人欲斷魂；

孟　父：人生代代無窮已，

孟　母：杯酒年年表寸心。

〔二老在家點香祭祖〕

孟　母：我二老上香已畢，女兒怎麼還不曾回來？

〔另一區燈亮，孟月華（青衣）現身，小廝德祿在一旁〕

德　祿：這不是來了麼？老爺、夫人！

〔二老一見女兒，笑逐顏開，疼愛的、卻又不免埋怨〕

孟月華（青衣）：參見爹娘。

孟　母：怎麼到這般時候才來？祭祖的酒都已獻過三次了。

孟　父：回來就好、回來就好，快快上香。

〔孟月華上香〕

孟　母：女婿呢？

孟月華（青衣）：夫君科考去了。

德　祿：小姑娘一人在家，姑娘放心不下，不肯離家，我可是費盡了口舌，才把姑娘接回來的。

孟　母：啊，老爺，想我孟氏積善之家，為何無有子嗣，百年之後，何人到墳前祭掃？

孟　父：夫人每逢上墳歸來，就有許多浮話，難道女婿女兒就不是親人麼？

孟　母：我看她只知是王家媳婦，早就忘了自己姓什麼了。

孟月華（青衣）：爹娘但放寬心，女兒自有孝心當盡。

德　祿：是啊，就算姑娘不回來，還有我德祿呢，怕什麼？

孟　父：哼！

孟月華（青衣）：啊、爹娘，祭祖已畢，女兒要回去了。

孟　母：啊？難得回家，飯都未曾吃，就要回去了？

孟　父：妳母女久未談心，多住上幾日陪伴妳母親吧。

孟　母：為娘還做了許多妳最愛吃的糕餅呢，有那豌豆黃、栗子糕、杏仁奶酪……

孟月華（青衣）：〔打斷母親的話〕小姑一人在家，女兒實實放心不下。

孟　母：喔喔……吃一碗湯圓再走吧，當初我母女二人，最喜一同篩糯米粉、包芝麻餡呢，妳爹爹愛吃鮮肉的，我們都喜歡甜的，可還記得？喏、為娘這就去煮。

〔孟母挽挽袖子，轉身欲下，孟月華拉住母親，搖搖頭〕

孟月華（青衣）：〔小聲的、不忍心的〕女兒真的要回去了。

〔孟月華（花旦）暗上，默默看著「自己」的一切〕

孟　父：唉，女兒終是外姓，既然留妳不住，德祿，去僱轎來，送你姑娘回去罷。

德　祿：員外，今日僱不到轎子。

孟　父：為何？

德　祿：清明佳節，家家上墳。

孟　父：也罷，德祿，還是你送姑娘回去罷。

德　祿：哦，是了。

孟　母：〔失望的〕不吃了？

〔孟月華（青衣）搖頭，回頭看看「自己」：孟月華（花旦）〕

德　祿：唉喲，肚子疼、疼死我啦。〔德祿下〕

孟　父：德祿腹內疼痛，不能送妳回去，如何是好？

孟月華（青衣）：這……，女兒暫且住下，明日回去就是。

孟母：〔喜悅〕這才是我的好女兒，待為娘去煮三碗湯圓，我們一家人一同享用。鮮肉的五個、芝蔴的八個……

〔孟母笑著邊說邊下，孟月華（青衣和花旦）欲攔阻，孟母已下〕

孟月華（青衣）：哎喲，女兒腹內也疼痛起來了，要到後院走動走動。

孟　父：怎麼樣了？

孟月華（青衣）：哎喲，疼煞我也。〔出門，回頭望，不忍心的自言自語〕等夫君回家，女兒就來陪你。〔不捨的，望著父親，又和「自己」（花旦飾演的孟月華）對望，下〕

〔孟母端一盤三碗上〕

孟　母：煮好了，唉呀，心急慌忙，都煮破了，芝蔴都流出來了。女兒，當初妳最喜歡吃的，就是這偷溜出來、浮在水面的芝蔴。〔進門〕趁熱吃，女兒，月華……

德　祿：〔上〕啟員外、夫人，姑娘開了後花園門，私自去了。

〔孟父母一驚、失望的坐下〕

孟父母：走了?!

德　祿：〔看著不忍心〕員外，待我去趕她回來。

孟　母：好啊，你快去趕她回來，快去。

孟　父：〔怒〕不許去！不許趕她回來，哪個大膽前去趕她回來！德祿，來，一人一碗，吃了下去。

德　祿：我不餓，吃不下去。

孟　父：吃得下也要吃，吃不下也要吃，與我拚命的吃！

〔第二場畫面結束在三人各捧一碗〕

〔這一場的孟月華，擺盪在「妻子／責任、女兒／責任以及女子本性」之間，此刻她選擇偏向責任。但下一場遇到挫折、離開家（夫家、娘家）、來到室外亭子時，「女子的本性」逐漸浮現出來〕

第三場：亭會

亭　子：〔上〕別瞧我長得不起眼，身材雖小，眼界甚寬；有蓋有頂、無窗無門，耳聽四面、眼觀八方。

旅客行人，商道之必經；文人雅士，吟詠之主題。

姻緣巧遇，莫不因我而起；升遷貶謫，又都以我為關卡。

擋不了風、遮得住雨；望得見月、留不住雲。

說我大用，實則無用，若說無用，大凡世人不敢想的、不敢做的，到了我這裡，就都敢想了、敢做了。在這蒼穹宇宙之間，我有這麼一點小貢獻，卻當不得大用場。真所謂：滄海米一粒，人間大場域。

我，御碑亭。

別笑，笑什麼？笑我這小小的亭子，出場的架勢不小是吧？

說我小？上自典籍史書，下至戲文小說，誰都少不了我：

楊玉環、貴妃醉酒、是百花亭，〔配身段〕

張繼保、天雷劈死、在清風亭；

鳳儀亭、貂蟬曾被呂布戲，

風波亭、岳武穆奇冤、千古傳。

這可都是我的同行前輩，您說，我最羨慕哪位啊？

自然是：一場春夢牡丹亭，多撩人哪！

今當清明時節，良辰美景、賞心樂事，我且在這兒，等著平常不敢胡思亂想的人，上我這兒來作夢！喲，下雨了，還真給氣氛！待我準備起來，客人上門了！

〔亭子打掃亭子〕

〔小生柳生春、孟月華（青衣）一同唱悶簾倒板〕

小生、孟月華（青衣）：〔分從上、下場門同上，同唱〕

風雲變幻——只一瞬！

〔二人交互做走雨跑圓場身段〕

祭祖墳、偏遇著、大雨傾盆。

歸家心急〔小生同唱：赴考心急〕步履緊，

遍地泥濘、路難行。

荒郊古道、人跡冷，

月黑途遙、陣陣心驚。

尋不著避雨處、天色昏暝——

亭　子：〔接唱〕十里亭、等的就是你們這些、失路迷途受困人！

〔小生和孟月華同時準備進亭子，忽然發現對方，同時衝出亭子，風雨雷電（可用演員擬人化扮演）穿場過！風雨大作，一陣雷電交加，兩人又同時縮回亭子〕

亭　子：雷伯伯、電叔叔，來得可真是時候啊！

〔兩人走方位，互搬椅子。先面對面，一坐下來發覺正面相對〕

亭　子：四目相對，看個正著！

〔立刻搬開，改為背貼背〕

亭　子：背對背，可就瞧不見啦！

〔一坐下又發覺貼在一起〕

亭　子：嘿！貼到一塊兒了！

〔趕緊拉開往前挪，但亭子太小，挪不開，亭子可以有呼應的身段。兩人翻水袖轉身，忽然又撞在一起，同時往外衝，又一陣風雨，兩人又回來，同時蹲下來蒙頭縮腳，然後慢慢互相偷看，發覺對方和自己的身段都很可笑，又故做正經的換姿勢〕

亭　子：今兒晚上，可真熱鬧啊。

〔起初更〕

小生、孟月華（青衣）：〔同唱〕

耳聽得、更鼓響、人不見影，

這雷雨、又不住、卻待怎生？

孟月華（青衣）：〔唱〕倘此人——

小　生：〔唱〕——倘若我

二　人：〔同唱〕——起下了、不良之意

那時節豈不是喊叫無門？〔小生唱：進退無門〕

亭　子：她怕你是應該的，你〔上下打量小生〕、你還怕她啊？

小　生：我怕的是我啊！〔小生不是回答亭子的話，是自言自語內心獨白〕

亭　子：你怕你自己？

小　生：我怕我……按捺不住哇！

亭　子：有意思，今晚有好戲看了。你怕你自己控制不住，那好辦，您就讓自己睡著吧！

小　生：三更燈火五更雞，讀書人懸樑刺骨、熬夜熬慣了，睡不著！

〔小生從行囊中取出書來，小心的抖落雨水，縮在一角讀書〕

亭　子：喔，今兒晚上還要熬夜開夜車啊？

孟月華（青衣）：原來是個書呆子！〔警戒心鬆弛了一些〕

〔孟月華（花旦）上〕

〔小生翻書，天色太暗，看不見〕

小　生：天色昏暗，熬夜也熬不成了！〔呆坐一旁〕

孟月華（青衣、花旦）：〔同唸韻白〕唉，爹爹、母親，女兒好悔呀，方才母親言道，我成婚以來，一心只認自己是王門媳婦，早已忘了月華原是孟家姑娘，今夜坐困於此，真個進退兩難。好冷啊……芝蔴湯圓，久已不嚐此味，那軟糯糯、甜滋滋、滴溜溜、熱呼呼的滋味……唉，身上好冷哪！

〔二更鼓響〕

亭　子：二更天了！

小　生：才二更，長夜漫漫，窮極無聊，無聊得很！〔小生無聊極了，只好自己找樂子〕

〔吟〕浮生為甚苦奔忙，難得今宵閑快活！

〔白〕趁今夜無事可做，無書可讀，待我自尋快活吧！〔兩腳放鬆的晃著〕唔、憑欄聽雨、好不快活人喏！……什麼快活！睡又不能睡、動也不能動，僵著個身子在此，快活什麼？還閑快活呢！動也不能動……天色昏暗，何妨一動？

〔轉動脖頸、眼珠，偷偷望向孟月華（青衣）〕

〔孟月華（青衣、花旦）似有所覺，足尖併得更攏。一動，衣服上髮絲上的雨滴順勢落下，孟月華不覺撣落水珠，立刻又坐直〕

小　生：咦！憑欄觀雨，果然快活！

亭　子：好戲開場了！

小　生：〔唱〕

雨污泥染、難遮掩，
石榴裙下、蹙金蓮。
水泠泠、清淺淺、瀲灩灩，
透水荷花、春意盎然。
我只知、書中自有玉容豔，
從不曾、與佳人、咫尺相接、摩踵擦肩。
莫非蒼天垂憐念？
真個是、留客雨、送潮風，雨留客、風送潮，滴溜溜、疏剌剌，滴溜、疏剌、留客、送潮，這光景、書生情何堪、書生情何堪？

〔書生有一點點起了興致，忽然風雨雷電又穿場過，風雷響，一陣雷鳴〕

〔書生驚醒〕

小　生：蒼天爺啊，雷神公公，不要嚇我，我不曾動什麼念頭，不曾想什麼呀，我……我只不過眼珠子轉了一圈！

〔接下來小生就收斂了，端坐看書，雖然什麼也看不見〕

孟月華（青衣）：〔驚嚇的、韻白〕有人偷窺！

孟月華（花旦）：〔興奮的、京白〕有人偷窺！

孟月華（青衣）：〔緊張的、按住興奮站起身的花旦、韻白〕眼觀鼻、鼻觀心，正心誠意，無動於衷！

孟月華（花旦）：〔努力克制的、韻白〕喔、無動於衷……

亭　子：我這兒無窗無門、四面透風——

孟月華（花旦）：〔興奮的、京白〕正好，眼觀四面、耳聽八方！

〔三更鼓響〕

亭　子：〔唱〕

三更三點正好眠，風雨連宵鬧喧喧！

難得浮生一夜閑，思緒且隨雨絲旋。

孟月華（花旦）：〔接唱〕

到三更、他那裡、才有動靜，

昏沉中、靈光乍現，

〔夾白〕是他！

是他雙眸眼底、湧起波瀾。

原以為、書蠹呆、志誠漢，

原以為、今夜晚、要伴風伴雨、枯坐一宵寒。

他以為、暗偷窺、鬼神不曉，

又誰知、他眼波才動、我心怦然。

看起來、天下竟無真男子。

〔孟月華（青衣、花旦）搖搖頭，抽離出劇情，以旁觀者身分「欣賞」小生對自己的偷窺〕

孟月華（花旦）：〔一下子就警覺了、韻白〕唉呀呀，我怎麼置身事外了哇？他偷覷我，

我、我該怎樣……？我該……

孟月華（青衣）：〔韻白〕驚恐啊！

孟月華（花旦）：〔韻白〕是啊，該驚恐才是啊！

〔孟月華（花旦）努力做驚恐狀，竟發覺自己驚恐不起來。莞爾一笑，接唱〕

竟只有、七分驚恐、兩分窘迫，唉呀呀，另一分怎是這嬌怯怯、羞答答，還有一丁點兒的喜孜孜、情態纏綿，說不出的滋味在心間、在呀嘛在心間！

亭　子：我以為是小生戲，原來旦角兒的戲份重！

孟月華（青衣、花旦）：〔同唱〕

從不曾、被他人、這般的、細讀細看，
頓覺得、從上到下、由裡到外、無所遁形天地間、天地間。
這般滋味、也曾有，
新婚夜、洞房中、紅燭雙燃。
夜闌更深客歸去，
二人並肩坐床檐。
他不動、我不言，
靜聽樓頭更鼓傳。
隔蓋頭、影暈暈、昏紅一片，
分明覺、靈光閃、是他眼角餘光將我瞥、一雙眸子情意傳。
幾分兒驚恐、又幾分羞怯覥腆，
止不住、顫巍巍、又有些兒醺醺然。

〔這段回憶的唱，可以配合飾演王有道的老生演員出場搭配身段畫面，不掛髯口，年輕扮相，表演兩個人並肩坐、相互偷窺〕

亭　子：〔看王有道〕沒想到，摘下鬍子，竟是這般多情模樣。歲月如梭、年輪磨人哪！

孟月華：〔青衣、花旦兩人同唱〕

十年來、夫妻樂、齊眉舉案，
詩禮傳家、福壽延。
時常的、作針黹、夜讀相伴，
青燈下、他目不轉睛、緊盯著、詩云子曰、從不曾偷覷我一眼、窺我一番！
只說是、書中自有玉容豔，
我倒也、甘之如飴、一派安然。
又誰知、今夜晚、蒼天弄險，
離深閨、到長亭、竟與他、對坐在這天地風雨間。
止不住、轉腰肢、身軀舒展，
雨珠兒、順髮絲、滴落裙衫。
滴溜溜、疏剌剌，雨串珠、珠連線，
牽牽綿綿、蕩雨迎風任流連、任流連！

〔孟月華嫵媚的撣雨，花旦如孔雀開屏式的盡情展示自己的美麗，青衣緊張羞怯卻仍抖抖縮縮的露出嫵媚姿態〕

〔青衣原來代表性格中壓抑的一面，此刻已經因為花旦的挑逗（其實是自己的挑逗）而漸漸也想向外伸張了〕

〔亭子和小生一同欣賞〕

〔亭子陶醉、小生驚恐〕

亭　子：〔讚嘆的、陶醉的〕我做了幾百年亭子，竟還不知道，撣雨的姿態是這般的撩人！女人家如此風情，從不會在外人面前展示；不過、話說回來，如此風情，一旦展示，最怕的就是沒被外人瞧見！又怕人看、又怕人不看，那有多難哪？所以啊，「偷窺」這行為，絕對有其存在之必要！

〔四更鼓〕

亭　子：糟糕，四更天了，偷窺也窺不了幾眼啦。

小　生：〔唱〕

我這裡、只不過、眼波一動，

她那裡、竟好似、回應有門。

一霎時、只覺得、心驚意恐，
應考之人要志誠。

孟月華（青衣、花旦）：〔唱〕
雨未止、風未靜，
焚香祝禱謝神明！

〔花旦雖然也唱出了這句，但當她聽到青衣同時也唱出一樣的意思時，不禁嚇了一跳，回頭看著自己〕

小　生：〔唱〕
一宵驚魂何時定
長夜漫漫困煞人！

孟月華（青衣、花旦）：〔唱〕倘若他問我的名或姓，

孟月華（青衣）：〔獨唱〕要用假來還是真？

孟月華（花旦）：〔看著自己、不敢相信的獨唱〕
這言語、竟出唇

亭　子：〔接唱〕
霎時叫我、也暗心驚！

一心從來能貳用

時有交鋒時相融。

小　生：〔接唱〕

十年寒窗無人問，

一舉成名就看明辰。

滿台齊唱：〔表情各不同〕

古聖先賢有教訓，

暗室欺心罪不輕……

〔五更鼓響〕

亭　子：暗潮洶湧，竟不知東方之既白。光陰似箭，雨停了，天也亮了，什麼也沒有發生！

小　生：一夜無事，待我即刻趕考要緊。〔下〕

孟月華（青衣）：〔失望卻又不願表現出來、韻白〕一夜無事，回家去吧。

孟月華（花旦）：〔明顯的失望、京白〕一夜無事，回家去吧。〔準備下場，又回身看亭子〕

孟月華（青衣、花旦）：〔同韻白〕御碑亭！

亭　子：叫我啊？〔看孟月華臉上的神情〕從今往後，這絲神秘的喜悅，將永遠印在您心上！

第四場：休妻

〔王有道急上〕

王有道：三場已畢，文章得意。心念妻妹，健步如飛。〔來到門口，本來準備即刻伸手扣門，臨時又縮手，從外面檢查門窗，很滿意的說〕嗯，不錯，門底塞棉墊，窗櫺密糊嚴。不錯、不錯。開門、開門來！

妹：〔上〕是個男的？

王有道：娘子、小妹，開門哪！

妹：喔，是哥哥回來了，哥哥你可回來了。〔門推不開〕

王有道：怎麼還不開門？快著些。

妹：別忙，等我把這些東西抽掉。〔把門底的棉墊抽掉，門拴上的麻繩解開。用虛擬動作，不必用道具〕

王有道：怎麼把自己堵死在裡面了？

〔門一打開，王有道一把扶住妹妹，誇張的上下打量〕

王有道：〔放心的〕唔，別來無恙！妳家嫂嫂呢？

妹：嫂子她還在睡哪。

王有道：白日晝寢？

妹：嫂子這幾天可累著了。

王有道：啊？她都做了些什麼？

妹：這可得從您出門趕考那天說起。

王有道：快快講來！

妹：別忙啊，我這兒不就說了嗎？

〔急三鎗曲牌，配身段〕

王有道：這做什麼？

妹：這是我們京劇的曲牌子「急三鎗」，場面一吹，我這麼一比劃，就表示「話說從頭」，台底下觀眾就都明白了！

王有道：〔對台下觀眾〕諸位，你們都明白了嗎？

觀　眾：明白！

王有道：你們都明白了？呵呵，我還是不明白。

妹：不明白？好，文武場先生老師們，再來一遍！

〔王有道觀看，非常焦慮〕

〔急三鎗曲牌，配身段〕

王有道：妳嫂嫂回來的時候，是怎樣的神情？

妹：您問嫂子回家的時候啊？

〔急三鎗曲牌：這段急三鎗尺寸放慢，不用嗩吶，改用笛子〕

〔孟月華（青衣、花旦）上，轉身回眸，神秘的一笑，定格數秒鐘〕

〔王有道和妹妹都在另一個空間裡看她「笑」〕

〔然後妹妹走進光圈，表演嫂嫂回家的那一段戲，王有道在另一個空間裡，又像在看在聽，又像躲開不敢看，自己瞎疑心〕

妹：嫂子，衣裳都濕了，快換下來吧！

〔妹妹急著幫嫂子換衣服，孟月華（青衣、花旦）不慌不忙，好像還沒有從另一個時空回過神來，搖搖頭，不要妹幫忙換，自己慢慢的、一縷一縷的把髮絲上的水掠下，慢慢的把衣袖上的水擰乾，一點一滴的欲甩不甩〕

孟月華（花旦）：〔自言自語、京白〕今宵奇險事，點滴在心頭。

孟月華（青衣）：〔自言自語、韻白〕只怨五更短，風雨逕自收。

〔妹莫名其妙〕

〔孟月華有點得意的拉過妹妹，附在耳邊說了一句悄悄話〕

妹：〔驚〕啊？就你們倆？

孟月華（青衣、花旦）：嗯！不曾發生什麼！〔口吻慢條斯理，先是有一點得意〕

妹：不曾發生什麼？

孟月華（青衣、花旦）：什麼都不曾發生。〔口氣弱了下來，像是有點失望〕

妹：什麼都不曾發生？

孟月華（青衣、花旦）：我不曾讓他發生什麼。

妹：我不曾讓他發生什麼？嫂子，這「不曾發生什麼」跟「什麼都不曾發生」跟「不曾讓他發生什麼」有什麼不一樣啊？

〔孟月華不必回答。以「神秘的喜悅」的姿態停格〕

〔王有道在光圈外，像是自思自想，又像是聽到了這段對白，突然爆發起來〕

王有道：竟然發生此事?!

〔妹過來，要安慰哥哥，被王有道揮手下〕

王有道：倘若什麼都無有發生，她為何要強調這「不曾發生」？想是已然發生，她才要用這「不曾發生」來強做辯白，還說什麼「不讓他發生」……，喔、「他」?!我就料定會有個「他」！會發生個「他」！若是無有「他」？她又怎會發生小妹說的那付樣兒？她那個樣兒，喜孜孜、羞怯怯、甜糯糯，還、還……這麼……「神秘的一笑」！〔王有道無意識的學著神秘的一笑〕唉呀天哪！想我王有道，讀聖賢書，只知齊家、治國、平天下，如今離家三日，就遭此家變，家既不得齊，還談什麼治國安邦平天下？這夫妻情份，看來是難以為繼的了！孟月華呀、妻呀，我實實不想休妳，卻又實實不得不休，夫妻本是同林鳥，一朝生變各分飛，想此事、見不得人、又說不出口，只有悄悄寫封休書，從今以後，妳過妳的陽關道，我走我的獨木橋，這十載夫妻恩情，只有來生……〔抽泣〕……再續的……〔哭〕

……了……哇……！

〔王有道真的動容哭泣，接唱〕

王有道提筆淚難忍，
難捨夫妻結髮情。
實指望同偕直到老，
誰知半途風波生。
御碑亭男女共躲雨
其中必有曖昧情。
從此休妻任改姓，
割斷絲蘿兩離分。
寫罷休書畫押印——

〔想到如何交休書，王有道還是很顧念妻子的感受，密密封好〕

不可當面傷她心。

妹：嫂子，哥哥回來啦。

孟月華（青衣）：喔，夫君回來了，〔神秘喜悅消失，回到正常節奏，整衣衫進房，花旦隱退〕夫君在哪裡？

王有道：唉呀妻啊！方才卑人回家路上，遇見德祿，奔走匆忙，要來接妳回去。原來前晚妳不辭而別，二老氣急攻心、傷心過甚，雙雙病倒在床，眼見得奄奄一息。我命德祿先回去照應，我這就僱車送妳回去，妳快快登程吧！

孟月華（青衣）：女兒不孝，氣壞爹娘，喂呀！

〔車夫上〕

〔妹下、準備取嫂子披風〕

王有道：車輛備好，快快上車吧。

孟月華（青衣）：夫君你？

王有道：小妹一人在家，待我安頓安頓，隨後就到。這有我親筆書信一封，帶與二老，快快登程要緊！

〔孟月華（青衣）慌慌張張接了書信被推上車，又想回頭，又急著回家，慌忙哭下〕

〔妹送上披風，來不及了，王有道接過披風，左看看、右看看，看看披風，摸著妻子的體溫，用披風撫著自己的臉〕

王有道：人去樓空、深情一旦拋，唉，妻啊〔哭〕……噯！綱紀倫常、豈可輕廢？休書，大丈夫之所當為！……〔又轉為哭〕妻……

〔真情的、寂寞的、裹上妻子的披風，哭。畫面結束在他孤寂的身影〕
〔妹妹可以在送披風後就先下，也可以留在台上看著哥哥怪異的舉動〕

第五場　金榜樂

〔亭子、孟月華與車夫、報祿的，三叉花〕

孟月華（青衣）：〔車夫引路〕
悔悔悔、悔萬分
心急如焚把家奔
女子不能把孝盡
活在世間枉為人！

亭　子：〔出現在高台〕
天地一戲場，
看棚幾多層。
生旦淨丑穿梭過，

榮辱升沉似轉輪；
悲歡離合只一瞬，
喜怒哀樂彈指中、彈指中！

孟月華（花旦）：〔車夫引路〕
只為無端心浮動
招來家門病患生
天若有靈從我願
千災萬危降我身！千災萬危降我身！〔下〕

報祿的：報報報、喜來到
東村報罷西村到
十年寒窗無人問
一舉成名看今朝！

四進士：〔包括王有道、柳生春。插花披紅由報祿的引上〕
瓊林宴罷長街上
插花披紅步康莊
一日看盡長安花
春風得意馬蹄忙

亭　子：長安花　洛陽花

笑看一回又一春

年年歲歲花相似

歲歲年年人不同、人不同！

〔報祿的和四進士轉場引老相爺上〕

四進士：有請恩師大人！

老相爺：〔上，念引子〕皇恩浩蕩，知貢舉，桃李門牆。

四進士：恩師請上，門生等參拜。

老相爺：只行常禮吧。不知哪位是柳賢契？

小　生：門生柳生春。

老相爺：柳賢契，你平生可有暗積陰德之事，可告我知。

小　生：門生德薄才庸，平生雖無虧心之事，卻也無有陰功德行，可為旌表。

老相爺：實不相瞞，賢契應試的文章麼，老夫看了兩行，便評為下品，拋擲一旁，棄置不用；不想，此時一陣春風，撲面而來，竟將你的試卷又吹回桌案上面來了，喏，就是這樣，端端正正、不偏不倚的鋪在正中央。老夫以為眼花，盯著看了好幾眼，一些兒都不錯啊，正是這篇下品的文章啊，怎麼又回來了？老夫提起筆來，又在上面，批上一個「下」字，拋擲在旁；不想，此時轟隆隆一陣春雷，老夫急忙起身關緊窗戶，轉身入座之時，啊？怎麼這篇「下下」文章又回來了？就這樣來來回回，三番兩次、兩次三番，老夫當下心頭一跳，不對！其中必有蹊蹺，此人必是積善之家，祖上有德，日行一善、積了陰德，才有春風、春雷、春雨、春花，暗中相助，日後必為國家棟樑。故爾將賢契題為榜尾，今日你我師生相見，倒要當面問上一問，啊賢契，你到底做了多少陰功？積了多少德行？今日才能耀祖光宗？

小　生：門生自思別無善行，只是自幼尊奉〈太上感應篇〉，道「萬惡淫為首」。應試之先，曾去上墳，在這城外御碑亭避雨。有一婦人與我同在亭內，我欲外避，怎奈大雨傾盆，只得共處一亭。二人雖共一宵，並未交言。此事未知可是陰功德行否？

老相爺：暗室之中，不欺名節，這陰功大矣。

其他二進士：積善深矣！

老相爺：賢契可稱君子也。

其他二進士：堪為表率！

王有道：啊，年兄，你可知那婦人姓氏否？

小　生：我目不轉睛，盯著自己足尖，只在一瞥之間，知她是個女的，連尊容都未曾看見，遑論姓氏？

王有道：此話當真？

小　生：瞞得過年兄，也瞞不過天地鬼神！

其他二進士：是啊，積善之家，無有假話！

王有道：（誇張的叫起）唉呀，老恩師啊！

老相爺：（嚇了一跳）怎麼樣了？

王有道：（誇張的叫起並抱住小生）唉呀，柳年兄啊！

小　生：（嚇了一跳）要做什麼？

王有道：你可知那婦人她——

老相爺、小生：她——

王有道：她——

老相爺、小生：她——

王有道：她——是哪個？

小　生：她是哪個？

王有道：她她……就是賤內。

老相爺：好哇，如此賢德烈女，真正難得。

三進士：也是年兄積善積德之果報也。

王有道：（誇張的叫起）唉呀，老恩師啊！

老相爺：（嚇了一跳）又怎麼樣了？

王有道：（誇張的叫起並抱住小生）唉呀，柳年兄啊！

小　生：〔嚇了一跳〕又做什麼？

王有道：你可知門生將她……

老相爺、小生：將她——

王有道：將她——

老相爺、小生：怎麼樣？

王有道：唉，休棄了！

老相爺：唉呀，賢契！

王有道：唉呀老相爺！

老相爺：你你你……真真差矣！如此烈女，竟將她休棄，豈不令人鼻酸。就該急速將她迎回。

三進士：年兄得意之時，豈可辜負糟糠？待弟等陪同，一起前往迎接令正，負荊請罪。門生等告辭了。

〔王有道和三進士下〕

老相爺：正是：萬惡淫為首，百善孝當先。〔下〕

〔孟月華（青衣）與車伕駕車上，跑圓場。一陣快跑後，車輪旗飛了出去，孟月華（青衣）

屁股坐子〕

車　伕：得，爆胎了！誰叫妳催得這麼急啊？回來的時候催得急，回去也這麼急，摔著了沒有啊？我去修車，妳就在這歇會兒吧，這兒正好有座亭子！

亭　子：我，又來了。

車　伕：就在這兒坐會兒，修好了我就回來！〔下〕

亭　子：對了，就在我這兒歇會兒吧。

孟月華（青衣）：御碑亭！

〔孟月華（青衣）坐進御碑亭，孟月華（花旦）上，摸摸那一晚的椅子，似要露出神秘的笑容了，但忽然哭起來：「喂呀！」接下來和青衣動作一致〕

孟月華（青衣）：那日回家，爹娘見是休書，傷心哭泣，我私自離家，決定回去哀求夫君，分辨明白。只是我不過一念之間，稍有不正，怎麼竟被夫君看破，難道天地鬼神，竟如此鑒察入微？

〔花旦此刻也驚慌自責，所以和青衣表情動作一致〕

〔孟月華（青衣）撲在亭子上哭泣，轉而埋怨亭子〕

孟月華（青衣）：都怪你，都是你這亭子不好，那裡不好矗？偏偏矗在這裡？讓我遇見了他，都怪你……

亭　子：該怪誰啊？妳怪她？她怪妳？怎麼都怪起我來了？看起來我要是不亮出字號，妳還不知道我的底細呢！話說三百年前，也是一場大雨啊！

〔風雨雷電上，穿場過〕

亭　子：一男一女在我這兒避雨，兩人背對背坐了一整夜，動都沒動一下，可是，那女子回得家去，竟也跟妳一樣被休棄了！這事兒後來還有人演成了戲呢，那個女的……不，男的、喔、女的、男的、女的……那個專演女的的男的，叫梅蘭芳，演得真傳神哪，可比妳端莊，所以感動了聖上，在我這兒御筆親題碑文一篇，我這御碑亭三個字可不是浪得虛名啊！

孟月華（青衣）：都怨我自己不好，撣的什麼雨水？扭的什麼衣衫？未能像前人一般端莊持重，才落得被夫休棄，是我自己不好〔說「自己」卻指向花旦〕，喂呀！

孟月華（青衣）：〔唱〕

只怨我、心動情迷、大德觸犯，

才落得、遭休棄、徘徊路邊。

孟月華（花旦）：〔唱〕

我只道、心動情迷、大德觸犯，

她心未動、情未亂、境遇也一般。〔指舞台上的梅蘭芳御碑亭劇照投影〕

孟月華（青衣、花旦）：〔同唱〕悵望三百年——

孟月華（花旦）：〔唱〕男兒總一般！

孟月華（青衣）：〔唱〕欲分辨、從何辯？

孟月華（花旦）：〔唱〕荒謬事、何需辯？

孟月華（青衣）：〔同唱〕如何辯？

孟月華（花旦）：〔同唱〕何需辯？

孟月華（青衣）：〔唱〕悔只悔、意志未堅。

孟月華（花旦）：〔唱〕悔只悔、悔方才、不該有一私悔意上心田！

孟月華（青衣）：〔唱〕

嘆夫君、情到深處多疑患，

寫休書，他定是、萬般無奈、不得不然。

孟月華（花旦）：〔唱〕

他自詡是、情懷激烈、壯士斷腕，

依我看膽小怯懦愚昧魯莽、可笑可鄙復可憐！

孟月華（青衣）：〔同唱〕可嘆可憐！

孟月華（花旦）：〔同唱〕可笑可憐！

孟月華（青衣）：〔唱〕淚濕衣衫，

孟月華（花旦）：〔唱〕欲哭無淚，

孟月華（青衣、花旦）：〔同唱〕徬徨、徘徊、躊躇、難斷——

〔王有道獨自騎馬上，在準備迎接夫人的路上〕

王有道、孟月華（青衣、花旦）：〔三人同唱〕徬徨徘徊、躊躇難斷。

王有道：〔唱〕我才是、欲辯從何辯、欲辯無言、欲辯難言！

亭　子：男主角也朝我這兒過來了，待我上前瞧瞧去！

〔孟月華（青衣、花旦）一同坐進亭子裡〕

王有道：王有道啊王有道，真真的無有道理啊！如此莽撞、如何收場？唉，此番前去，總要備妥幾套說詞，只是，賠禮認錯的文章，經書上一概無有，我從未讀過哇！

唉，書到用時方恨少，我好悔也！

〔唱〕

應考時、下筆有神、文不加點，

待認罪、搜索枯腸、也湊不出、片語隻言。

似這等、莽撞事、古無明訓、少典範，

〔夾白：王有道哇〕這是你、自創自編、還要自己收場、自己圓。

〔行絃夾白〕經書無有，稗官野史、村野戲文之中，或有可參閱之處。〔低頭思索〕

有了！

〔接唱〕

秋胡離家投軍去，

歸來時、桑園調戲自己妻。

貞烈女、一哭二鬧三上吊、烈烈轟轟、把陣勢擺起，

只消得、男兒一跪、就破涕為笑、化險為夷。

〔王有道自思自忖、臨摹表演時，亭子可以虛擬搭配身段〕

王有道：是了，我就學那秋胡，屈膝一跪，管教她頃刻之間、不哭不鬧、服服貼貼。我就是這個主意……唉呀，比不得！那秋胡離家一十八年，歸來竟然調戲自己妻子，我王有道行得正、坐得端，為何要學他一跪？比不得、比不得，男兒膝下有黃金哪，比不得……有了！

〔接唱〕

梆聲一響精神振
滿城爭唱、王月英棒打程咬金。

〔王有道自思自忖〕

王有道：王月英棒打程咬金，河南梆子王海玲的拿手好戲，做丈夫的讓妻子打上幾下，也就大事化小、小事化無了，等我見了我妻，就讓她兩拳，消消氣，不就無事了？我就是這個主意……唉呀，比不得！程咬金強搶民女為妾，我王有道不過犯了些疑心病，何至於討打？比不得……，看來只有央求岳父岳母，從中勸解，或可覓得轉機，就是這個主意，攢路者！

〔亭子引王有道跑圓場、到御碑亭，見到孟月華〕

王有道：糟了，岳母大人還未曾搬請，竟先在此處與我妻相遇，這……我單槍匹馬，如何請罪？總不能溜了過去，唉，只得將頭皮硬起，上前賠禮。啊，娘子！

〔孟月華（青衣、花旦）不敢相信，愣了一下〕

王有道：賢妻！

孟月華（青衣）：夫君，是你、你……在叫我？

王有道：〔尷尬的〕是啊，我來了！

孟月華（青衣）：〔驚喜，本來以為自己錯了才被休，不想夫君竟回頭接納她〕夫君，你要原諒為妻！我實實無有做出什麼呀！

亭　子：是他向妳賠禮！妳別沉不住氣啊！

王有道：〔又驚訝又尷尬〕這是什麼話呀？是我對不起妳，怎說要我原諒？

孟月華（青衣）：是為妻對不起夫君！為妻不夠心正意誠，瞞不過天地神明！

王有道：〔一聽天地鬼神、王有道更加尷尬〕妳不要嘲弄我了，妳要我怎樣賠禮呀？

孟月華（青衣）：是為妻之過，怎麼說出賠禮二字？

王有道：不要為難我了，妳就明說了吧，我、我不好受啊。

孟月華（青衣）：我也不好受啊。

王有道：妳到底要我怎樣？

孟月華（青衣）：什麼怎樣？

王有道：快直說了吧，我都演練過了。

孟月華（青衣）：什麼哇？

王有道：妳要我怎樣？

孟月華（青衣）：我要你怎樣？

王有道：直說吧！

亭　子：學秋胡下跪、還是像程咬金一樣挨揍，妳就直說吧！

孟月華（青衣）：我要你……我只想要你、好好的看上我一眼。

王有道：啊？這是哪一套劇本裡的呀？我未曾演練啊？

〔孟月華（花旦）看到「自己」這麼輕易的接受道歉，驚訝失望〕

孟月華（花旦）：〔唱〕

竟這般雲淡風輕、風輕雲淡？

爭賠罪、恐落後、破涕雙雙轉笑顏。

鑼未敲、鼓未響、戲竟已闌，

這收場、怎入了窠臼大團圓？

〔三位進士接孟月華的父母、德祿同上〕

三進士：大團圓、大團圓，金榜樂、大團圓，哈哈哈，太老爺、太夫人接來了！

〔孟月華迎向母親〕

孟　母：好個孟家小姐，嫁入王門，就不要爹娘了，回家祭祖，坐不到一刻，便私自逃走；無端被休了回來，還要趕著回去！為娘怕妳傷心，親手做了妳最愛吃的豌豆黃、栗子糕，都不曾嚐上一口，害為娘獨自一人吃下了兩大盤，我是吃一口、罵一聲，罵妳這不孝的、唉、乖女兒！〔母女抱頭痛哭〕

德　祿：連我也被迫吃了好幾盤！

孟月華（青衣）：女兒對不起爹娘！

王有道：怎麼要賠禮的在這裡呀？啊，岳母大人，小婿今科高中，特送來官誥，與夫人岳父岳母穿戴。

孟　父：〔哄著妻女〕夫人，賢婿高中，也是女兒相夫有成、治家有功，不必啼哭，快快穿戴起來吧。

〔二老穿戴、孟月華（青衣）穿戴〕

孟月華（花旦）：〔京白〕怎麼竟是如此？如此輕易的、草草收場？

〔唱〕

心不甘、情不願，

欲分辨、已無言。

此身已收他一揖禮，
一顆心、何去何從實茫然。
我待要——我待削髮入山、青燈伴！
〔亭子夾白：有那麼嚴重嗎？〕
或則是、天涯走遠、孤雁展翅自翩躚！
〔亭子夾白：柴米油鹽醬醋茶，人生可是要過日子的，沒有一技之長，走得了、飛得動嗎？〕
既然是天涯難走遠，
再入戲、再入戲、做續篇！
〔亭子夾白：對了，這個「他」有大半天沒戲了，妳瞧！他正在看妳！〕
小　生：啊，王年嫂！
孟月華（花旦）：〔猛的一驚、直覺反應、脫口而出〕有人偷窺！
亭　子：這回不是偷窺，是正大光明的見禮，快回禮啊！
〔此時孟月華（青衣）正穿戴好〕
孟月華（青衣）：〔羞驚〕不敢，還禮。
亭　子：四目交會、天搖地撼！

孟月華（花旦）：〔自己都不敢相信、很惆悵的、接唱〕

卻怎的不搖不撼？

怎不覺靈光又現？

竟無有迴波千旋？

這情懷何處尋？待追尋、竟已遠！

情懷不再、我心悵然！

亭　子：別自顧自的惆悵，是他撩撥了妳，妳就再入戲、續前篇、追尋他！

孟月華（花旦）：〔搖搖頭，很理智的、很惆悵的〕他？他與我、我與他、有何相干？

〔接唱〕

天涯陌路擦身過，

聚散離合盡偶然；

亭中會、雨裡緣、一宵幻，

雨霽雲收兩無干。

非關情緣、再續無端，

與他何干、與他何干？

亭　子：古人說：「萬里乾坤、百年身世，唯有此情苦」！你們這事倒妙，人家還沒情挑，妳這兒就先情動；妳這兒也不過動了一下，他〔指王有道〕那兒就先絕了情。情挑、情動、絕情，無端鬧了一場，這廂才罷，那廂又無端興起情緣一段。

〔緊接著下面的對話，指妹妹的情緣〕

王有道：啊，柳年兄可曾婚配？

小　生：還不曾婚配。

王有道：我有一妹，不知可有福份與年兄永結絲蘿，不知尊意如何？

小　生：小弟怎敢高攀。

王有道：不必過謙，就煩二位為媒。〔對二進士〕

亭　子：我不是一出場就說了嗎？姻緣巧遇，莫不因我而起；升遷貶謫，又都以我為關卡。

〔老相爺上〕

老相爺：老夫已將此事奏明萬歲，萬歲御筆親賜題文一篇，敕封此亭為「君子」，名為「御碑君子亭」！

亭　子：我這兒又有了新名字了，DOUBLE的封號！

王有道：萬歲萬萬歲！且喜雙喜臨門，今日即是黃道吉日，正好花燭，二位年兄代做贊禮。

亭　子：吹打起來！正是：

〔妹妹穿戴上〕

眾　人：金榜樂、大團圓

亭　子：御筆題刻又一篇

孟月華（青衣）：百年哀樂寸心知，

孟月華（花旦）：自擁香衾聽雨眠！

亭　子：好個「寸心知、聽雨眠」。擋不了風、遮得住雨；望得見月、留不住雲。在這蒼穹宇宙之間，我有這麼一點小貢獻，卻當不得大用場。真所謂：滄海米一粒，人間大場域；隔窗聽雨眠，難忘御碑亭。

〔孟月華（花旦）抽離出來，默默靠在御碑亭外欄杆上，甜蜜而惆悵的聽雨、撣落雨水〕

〔同時，行過夫妻交拜禮的妹妹，獨自抽離出來，也坐進御碑亭〕

孟月華（花旦）：〔像是自言自語，又像回憶那個甜美的夜晚，卻帶有幾分惆悵失落，因為一切希望期待都沒有了。吟〕

滴溜溜、疏剌剌，

水泠泠、清淺淺，
獨自聽雨晚春天，聽雨晚春天……

〔劇終〕

三個人兒兩盞燈

唐人筆記小說的清新演繹

王安祈・趙雪君 合編

攝影／劉振祥

人物表

煙鎖重樓中的三名女子：雙月　廣芝　湘琪

多情天子：唐明皇

千里關塞外的兩個男子：李文浲　陳評

〔大幕開啟之前，先以杜甫〈兵車行〉為序幕曲〕
〔紗幕後隱約透出：年輕男子被拉去從軍、爹娘送別的情景〕

車轔轔、馬蕭蕭，
行人弓箭各在腰。
爺娘妻子走相送，
塵埃不見咸陽橋。
牽衣頓足攔道哭，
哭聲直上干雲霄。
始知反是生女好，
生男埋沒隨百草。

〔男子從軍景象消失〕
〔音樂風格轉變，轉為白居易〈長恨歌〉，音樂悠揚〕

始知反是生女好，
君王重色思傾國。
吾家有女初長成，

一朝選在君王側。
回眸一笑百媚生，
六宮粉黛無顏色。
遂令天下父母心，
唯願生女得嬌娥。

〔音樂轉寂寞淒涼〕
〔紗幕後眾宮女，以慢動作擺出幽怨淒涼的身段POSE〕

又誰知、九重宮苑、春寂寞，
煙鎖層樓憾事多。
天長地久淚無盡，
豈止一篇長恨歌？
今朝戲場歌遍徹，
征衣情、深宮怨，幾許心事細細說。

〔大幕開啟，呈現唐朝宮殿後宮宮女房景象。今天是唐明皇生日，許多宮女穿梭忙碌，有的準備壽禮，有的練習歌舞，有的忙著裝扮自己〕

第一景：後宮宮女房

〔後宮，唐明皇生日，接連著好幾天京城像個不夜城一樣的慶祝〕

〔一群後宮宮女打扮得花枝招展。音樂富麗堂皇又歡樂雍容〕

〔廣芝上。宮女圍到她身邊〕

宮女們：廣芝姐姐。

廣　芝：今日乃是聖上壽誕，我們快些準備，隨梅娘娘前去祝壽。聞聽西域的技藝團都進京來了，飛天噴火無所不能，我們快些呀。

宮女們：都準備好了。

廣　芝：梅娘娘獻與聖上的壽禮呢？

宮女們：在這兒呢。

廣　芝：〔察看壽禮，又左右環顧〕怎麼還不見雙月與湘琪？

宮女甲：方才見她們還在宮房哪。廣芝姐姐，咱們去祝壽，能不能見著聖上？

宮女乙：是呀，我們入宮也有一些日子啦，還沒見過聖上呢。

宮女丙：豈止聖上，我連梅娘娘都沒見過。

廣　芝：梅娘娘深得聖上寵愛，梅林梅苑的宮女有數百之眾，能見到她的也不多呀。

宮女甲：廣芝姐姐，妳見過娘娘，她當真如人所言，貌勝天仙麼？

廣　芝：那梅娘娘麼——

〔唱〕

似寒梅、性高潔、風清骨瘦，
倚東風、一笑嫣然、萬花羞。〔眾宮女配身段、學梅妃姿態〕
後宮粉黛、三千秀，
誰似她、第一春、獨占枝頭。

〔雙月與湘琪由左、右舞台分上〕

雙　月：〔接唱〕

堪羨她、倚東風、一笑嫣然，
我只得、獨抱馨香、幽閨自憐。
但等到、菊花黃、把秋色點染，
當有個、惜花人兒、相顧相憐。

湘　琪：〔唱〕

休道她、一枝春、後宮獨占，

我好比、素水仙、幽姿早放在她先。
凡花俗蕊、羞為伴，
心事何需、對人言。

宮女們：雙月姐姐、湘琪姐姐，等著妳們呢。

宮女乙：湘琪姐姐，妳這件衣裳好……別緻呀。〔表情怪異，因為其實是陳舊過時〕

宮女們：是呀，好……特別呀。

廣　芝：湘琪，怎麼又是這套衣裳？前些時宮裡不是才下來一批衣料？分明見妳做了新衣，怎麼偏又做成了舊款式？

湘　琪：妳休管，我偏愛這套。

廣　芝：不管就不管。

宮女乙：廣芝姐姐，妳瞧我這眉毛畫得如何？我可是照著「眉譜」的款式畫的。

廣　芝：畫得好呀。

宮女丁：〔急忙湊到廣芝跟前〕廣芝姐姐，那我呢？我的頭梳得可正哪？

廣　芝：髮簪子插得有些歪了。〔廣芝替宮女丁調整髮簪〕好了。〔廣芝看看眾宮女的儀容，而後四處張望〕雙月呢？〔見到雙月，雙月站得稍遠〕雙月，縮在後面做什麼？快過來。

雙　月：廣芝姐姐。

廣　芝：〔凝視著雙月，用手輕輕扳過雙月肩膀〕聖上壽誕，舉國同歡，妳怎麼清水素面、脂粉不施？

雙　月：世間女子哪個不是為了心上人兒才敷粉畫眉？這宮苑之中，可有人值得雙月我為他容妝？

宮女乙：怎麼沒有？有聖上呀。

湘　琪：〔小聲的，類似自言自語〕是呀，有聖上……除了聖上又還能有什麼？

廣　芝：誰道女子非為男子容妝不可？

宮女甲：〔輕笑〕不為男子，難道為女子嗎？

廣　芝：〔聽了有點尷尬〕雙月，我帶妳回宮房，與妳梳妝。〔一邊說，一邊撫摸雙月頭髮〕

雙　月：我不要。

廣　芝：不要使氣性。聖壽吉日，若不歌舞獻壽，罪過非小。〔拉著雙月的手〕

〔宮女丙捉弄宮女甲，往宮女甲頭上拍了一下〕

宮女甲：唉呀，妳做什麼呀，別弄歪我的髮簪子。

宮女丙：妳梳的這頭叫什麼？

宮女甲：這呀，是目下最流行的雙螺髻。

宮女丙：最流行的呀，回頭妳教我梳梳。

宮女甲：不成，誰讓妳弄歪我的髮簪子。

〔宮女丙拉著宮女甲的衣袖，做出道歉賠禮的樣子，又幫宮女甲調整髮簪，其他宮女也互相替彼此整理儀容〕

雙　月：〔看著那群宮女甲乙丙丁……〕梳髮著妝分分計較、畫眉點唇寸寸留心，為的是哪個？這樣的日子，我過得夠了。再也不等、再也不盼了。

廣　芝：〔微微的高興〕不等不盼，這可是妳說的？既然不等不盼，隨我回房去，我也替妳畫時新的眉型，妳陪姐姐一同去看熱鬧。

雙　月：陪姐姐看熱鬧，何必費心思妝扮？

廣　芝：喔，陪姐姐就不必費心？妳呀……〔失望又無奈〕

〔廣芝緊挽雙月下〕

宮女乙：湘琪姐姐，妳的髮型有點舊了，小時候我姐姐也這樣梳，怕是數年前流行過了。姐姐跟她〔指著宮女甲〕學學新髮式吧，這叫雙螺髻，最流行的。

宮女丁：喲，湘琪姐姐，妳有根白頭髮了。

宮女丙：在哪兒？我看、我看……

〔一堆宮女圍上來，七嘴八舌〕

宮女丙：真的欸，我幫妳拔掉！

湘　琪：〔嚇到〕什麼？妳說什麼？

宮女乙：說妳有白頭髮啦。

湘　琪：白頭髮……白頭髮……不會的、不會。

宮女甲：姐姐別慌，我娘有個染頭髮的方子，胡桃跟桐木一起燒成灰，加入菰米磨碎，以黃蠟溶化，攪拌成膏狀，每日塗擦，保證有效。

眾宮女：真的嗎？當真有效？

宮女甲：有效有效，不只我娘、連我奶奶都沒有白頭髮。

宮女乙：我可得記下來，老了以後就不用擔心了。

宮女丙、丁：對，趕快背起來！胡桃、桐木、黃蠟……

〔眾宮女做默背的樣子，口中唸唸有詞〕

宮女甲：湘琪姐姐，回頭染了頭髮、換了髮型，看起來可以年輕個好幾歲呢。〔伸手要碰湘琪的頭髮〕

湘　琪：妳別碰……別碰我的頭髮……我不換，我就是要梳這個樣子。怎麼樣都不用妳們管。〔很不高興的、帶著慌亂的離開〕

宮女乙：湘琪姐姐、湘……年紀大了，這麼看不開！

宮女甲：別這麼說，我們……都會老的。

〔燈暗〕

第二景：後宮涼亭

〔後花園的涼亭裡，有聖上與兩個太監，涼亭圓桌上有琴以及筆墨，燈亮時聖上做出「作曲並且記錄曲譜」的動作，同時吟唱著〕

皇上：〔唱〕

乘風欲訪翠，
春意入深閨；
舉觴不求醉，
興至意所歸。

〔聖上昏睏，到涼亭旁花叢邊長凳上小憩〕

〔突然間吹起了一陣風，將擱在涼亭圓桌上的曲譜吹散了一地，兩個太監急忙收拾飛散各地的曲譜，卻有一張曲譜飛到了舞台側邊……〕

〔如果上述的大風吹無法表演，可以取消，從下面開始演，聖上在聽到雙月歌聲後才上場〕

〔雙月上場，拾起了曲譜〕

雙　月：怎有一張曲譜，遺落於此？〔讀曲譜〕

〔唱〕

紫藤藏露水，

星月伴君回。

〔聖上聽到雙月的歌聲醒了過來〕

皇　上：〔溫柔的〕何人吟唱孤的詩句？

雙　月：……聖上?!奴婢斗膽，不知聖上在此，未曾接駕……〔雙月準備跪下，卻被聖上阻止〕

皇　上：〔溫柔的〕孤在此撫琴休閒，接的什麼駕啊？

雙　月：奴婢……〔雙月又準備跪下，聖上伸手阻止〕

皇　上：不必害怕，妳……〔打量雙月〕是後宮的宮女麼？

雙　月：奴婢是梅娘娘宮中的。

皇　上：抬起頭來，讓孤看看妳。

〔雙月百感交集，等了十五、六年終於等到，她慢慢的抬起了頭，聖上看了看微笑，沒說什麼〕

幕後女聲：〔伴唱〕

等啊等、熬啊熬，
十五年歲月盼今朝。
該端謹？該淺笑？
該嫵媚？該妖嬈？
只覺得、小鹿兒當胸跳，
紅霞面上燒。

〔下場尋找曲譜的太監上，打斷了雙月的遐思〕

太　監：好一陣大風啊，曲譜吹散了一地。聖上，曲譜在此。〔呈上兩張撿回的曲譜〕

皇　上：〔將曲譜折好〕內侍，將這曲譜送與楊娘娘。

〔太監準備接過曲譜，聖上忽然縮手，回頭看著雙月，將曲譜收回〕

皇　上：方才妳可是言道，是梅娘娘的宮女麼？

雙　月：〔一點點的顫抖，這顫抖帶著希望，因為聖上似乎在問有關自己的事情〕是。

皇　上：妳……

雙　月：奴婢名喚……〔但聖上根本不想知道她叫什麼〕

皇　上：妳對梅娘娘去說，孤因……〔停頓，因為在找藉口〕孤因近來國事繁忙，無暇去往梅林探望於她，〔忽然想到，可以從雙月這裡打聽〕這些日來，妳……妳可曾聽她說了些什麼？

雙　月：奴婢不知。

皇　上：近前來，近前來，不用害怕，妳將這張曲譜交與梅娘娘，對她言道，過幾日國務稍緩，孤便到梅林、聽她吟唱這支新曲。

雙　月：是。〔強忍住心裡的失望，等著聖上多說些什麼，卻是一陣沉默〕奴婢告退。

〔轉身離去〕

皇　上：〔突然想到什麼似的〕啊，轉來。

〔雙月一驚／喜，回過身來恭敬的等候〕

〔聖上從懷中拿出一條巾帕〕

皇　上：〔拿起筆在巾帕之上題下方才吟唱的詩句〕這有巾帕一方，孤將詩稿題於其上，妳將它一併交與娘娘，請娘娘用絲線照孤的墨跡，仔細繡好。〔將巾帕交給雙月〕

雙　月：是。〔猶疑了一會兒，呆立在原地〕

皇　上：〔依舊是口氣溫和〕快去吧。〔雙月猶豫〕此地無有妳的事了，去吧。

雙　月：是。

〔聖上繼續撫琴吟唱。以下的音樂：聖上是吟詩，雙月是唱腔〕

皇　上：乘風欲訪翠，
春意入深閨；

雙　月：琴音錚錚、入耳內，
吟唱聲聲、扣心扉。

皇　上：舉觴不求醉，
興至意所歸。

雙　月：原想他是、銀河水，

此生無緣、捧玉杯。

皇　上：愁眉心憂惴，

昨夜雨折摧；

雙　月：無端的、近天顏、心願得遂，

卻原來、枉自多情、枉自醉迷。

皇　上：紫藤藏露水，

星月伴君回。

雙　月：意冷心灰、綺夢碎，〔忽然興奮，因為聽到聖上吟詩「伴君回」，聽到一個「回」字，就以為是聖上叫她回去〕

恍惚間、又聽他、將我喚回。

〔雙月緩慢的轉過身，想確定剛剛有沒有發生幻聽〕

〔聖上也的確停下撫琴的動作，朝著雙月的方向望來，只是不是望雙月，望向雙月背後更遠些的天空，孤雁飛過天際〕

〔雙月先回望聖上，本以為聖上在看她，不一會兒就發覺：聖上看的是自己背後的天空〕

〔雙月轉頭去看，孤雁哀鳴的聲音傳來〕

〔等到鴻雁飛走，她再看聖上，聖上已經繼續撫琴了，不再看她〕

〔舞台分成兩個區塊，聖上與雙月各佔一邊〕

〔聖上那邊的燈光漸暗，但仍可看見撫琴的身影〕

〔雙月捧著曲譜與巾帕，情不自禁的將巾帕貼近臉龐，又回頭看一看聖上，突然跌坐在地〕

〔聖上那邊的燈光漸暗、琴聲漸低，終至消失在黑暗中〕

〔雙月的燈光也漸暗，孤雁哀鳴聲中猶聽得雙月的啜泣〕

第三景：邊關塞外

〔孤雁哀鳴，這裡是塞外〕

〔陳評拖著病體，邊咳邊出場〕

陳　評：〔唱〕

朔風冽、霜雪降、病體難耐，

視茫茫、路迢迢、天蒼地白。

〔陳評跌倒〕

〔李文梁上，扶起陳評。〕

李文梁：〔唱〕

說什麼、報國志、英雄氣慨，〔哀傷的〕

十年征戰、豪氣衰。

胡虜已退、出北塞，

將軍早登、拜將台。

又誰知，邊城猶有、戍卒在，

長伴白骨與屍骸。

陳　評：〔唱〕

前無山、後無水、玉門何在，

何日裡、才得見、月明雲開？

李文梁：賢弟！我扶你回帳內歇息。

陳　評：大哥，不妨事……今日該我當差。

李文梁：〔溫柔的〕我這不是代你來了嗎？

陳　評：我怎能再三的煩勞於你？

李文梁：你我兄弟相親，何來勞煩之說？此處風大，快快回到營帳中去……

陳　評：不用拉我，讓我留在此處。

李文梁：唉，我也曾再三往上稟明，你這病羸之身留在邊城又有何用？誰知上面竟然不准，想是要湊個人頭，什麼十萬大軍、八千貔貅，……不要鬧了，你怎不知自己

的身子？這般天候，豈是你能待得的？〔硬要拉陳評回去〕

陳　評：不用管我！你不明白……你不明白我是困在怎樣的身子裡……

李文梁：我不管你，誰來管你？難道讓你死在此處不成？

陳　評：死？死了倒好，死了，就可以回去了。

〔燈暗，陳評、李文梁下場〕

第四景：後宮宮女房

〔雙月上，場景變成她的宮房〕

〔雙月對著手上的笛子發愣〕

〔廣芝上〕

雙　月：〔低頭看著笛子說話〕姐姐，入宮以前，妳心裡可有過什麼人？

廣　芝：我心裡的人……入宮之後才有的。

雙　月：〔抬頭看廣芝〕十五年相交，我竟不知妳也等著聖上。

廣　芝：〔廣芝別過頭，不接觸雙月的眼神〕那人……不是聖上。

雙　月：不是聖上、是哪個？……莫非是那時常與妳說話的王公公？

廣　芝：不要胡猜。

雙　月：那王公為人倒也溫厚，若是不曾入宮，與姐姐挺相適的。

廣　芝：別猜了，妳……猜不著的。

雙　月：怎麼猜不著？十數年朝夕相處，姐姐與誰來往、與誰說話，這宮裡怕無人比我更明白。更何況……宮裡能夠交心之人，又有多少？

廣　芝：〔聽了頗欣慰、貼近雙月，拍拍她的肩膀。但又不願明說，想換個話題〕不要說我的事了，妳方才一人獨自在此想些什麼？

雙　月：〔將手上的笛子，交給廣芝〕姐姐，妳會吹笛麼？

廣　芝：這笛從何而來？

雙　月：幼時哥哥留與我的。他曉得我愛聽他吹笛，臨終之時，將笛送我，說是將來找到了妹婿，便將笛子交與他、讓他為我吹笛。誰想如今，卻是無人可贈了……只可惜了這隻玉笛……

〔廣芝拿起笛子，輕輕的吹出了聲音〕

雙　月：〔見廣芝會吹，便說〕送與姐姐吧。

廣　芝：〔欣慰，因為自己替代了雙月哥哥的「妹婿」〕這……可好麼？

雙　月：留在我這，空就是隻竹子。〔廣芝微笑，又繼續吹起笛子。這段笛聲以後還會出現〕

〔湘琪上。靜聽吹笛。一個人在角落作一些纏綿又淒怨的身段〕

〔宮女甲上〕

宮女甲：廣芝姐姐、雙月姐姐，原來在這兒，我找了半天，妳們倒有閒情雅興。何公公方才傳旨，聖上體恤邊關戰士天寒地凍，怕他們穿得不暖，要後宮趕製冬衣，送往邊關。快領衣料去吧。

〔宮女甲轉往舞台另一區、和宮女乙丙丁一同整理衣料〕

〔湘琪開始進入廣芝、雙月的表演區〕

雙　月：縫製冬衣與邊關將士，這樣的事情與後宮何干？

廣　芝：自然是聖上恩澤廣被，體恤邊關將士。

〔湘琪不知何時進入廣芝、雙月的表演區〕

湘　琪：不如把後宮宮女盡皆發放許配給邊關將士，那他的天威恩澤豈非更廣？

廣　芝：怎麼這樣說話？

湘　琪：〔沉默一陣，問〕妳們可有聽說些什麼？

廣　芝：聽說什麼？

湘　琪：有個楊娘娘……

廣　芝：楊娘娘？

雙　月：〔想起那天在花園聖上說出的那個姓〕楊娘娘……

廣　芝：與我無關的事，我不想知道。

湘　琪：可與我……可與梅娘娘有關。

廣　芝：那也與我無關……〔看著湘琪〕湘琪，這樣款式的衣裳，妳究竟做了幾件？一年到頭都是這件，怎麼就穿不煩哪？

湘　琪：我愛穿是我的事。

〔雙月漸漸走到宮女甲乙丙丁那一區〕

廣　芝：讓人家看見，還說梅娘娘苛刻她的宮女，只給了一件衣裳。

湘　琪：我偏只愛這款式，偏只愛這髮髻，連眉型、衣裳都是，妳別管。

廣　芝：我看怕是有病。

湘　琪：我是有病，我的病……妳哪裡明白。

廣　芝：我哪裡不明白？不就是想做娘娘。

湘　琪：想做娘娘又怎樣？誰不想做娘娘？誰甘願一輩子在宮裡伺候人？外邊奴婢丫環還有機會出門透口氣，買個繡線啦、燒香還願啦，說不定主人心血來潮讓她嫁個莊稼漢耕種一生，哪天這戶人家垮了，還能被遣放回家呢！誰像我們？一輩子困死在這兒，除了想做娘娘還有什麼可想的？

廣　芝：我不過勸妳一句，妳就這麼一長串，好，想做娘娘無有什麼不好，只是，做娘娘哪有像妳這般陳舊過時的？

湘　琪：便是陳舊過時又何妨？我只要聖上見到我、想起我……

廣　芝：妳見過聖上？〔湘琪沉默〕每回與妳說話，總是一肚子氣。話說得這樣不明不白，……〔有點哀傷〕我們以前不是這樣的……湘琪，妳可記得我們……妳究竟是怎麼樣了？

〔廣芝和湘琪說話時，雙月已走到舞台另一邊，和宮女甲乙丙丁在一起整理衣料〕

〔這時此區燈亮〕

宮女乙：〔怯生生的問〕雙月姐姐，入宮幾個年頭了？

雙　月：我麼？〔一點兒苦笑〕記不清了，十五、六年了吧，好些年前就沒心思算自己的日子了。

〔宮女乙突然安靜了下來，不說話了〕

宮女甲：怎麼了？

宮女乙：我……我想我娘，我想我娘。〔低聲啜泣〕

〔所有人都停止了動作〕

〔廣芝聽見，走了過來〕

廣　芝：好端端的，怎麼哭了起來？

〔宮女甲丙丁也低下了頭，似乎也想起了家人〕

宮女丙：娘……

宮女丁：娘……

宮女乙：〔突然一愣、高聲的〕娘……〔驚慌〕娘！我、我……

廣　芝：怎麼了？

宮女乙：我想不起來我娘的聲音是什麼樣子……我娘的聲音……娘，我記得我娘跟我說的話，我記得她說話的樣子，可我就想不起她的聲音……娘！我不要進宮，我要我娘……我要我娘……

宮女甲：娘……

宮女乙：我想回家，我想回家見娘一面……

眾宮女：娘……

廣　芝：不要傷心，娘會聽見我們的哭聲的，無論相隔多遠，娘都會聽見的，不要傷心，廣芝姐姐在，就不會讓妳們傷心。

〔廣芝四處安慰難過的宮女〕

湘　琪：回家見娘一面……？等到封了貴妃、做了娘娘，要見家裡的人有什麼困難？是呀，有什麼困難呀。〔開始有點自言自語〕到時候爹要一件冬天穿了會暖的襖子，娘要一件綢緞做成的衣裳，說不準還能給弟弟買匹西域的好馬……做了娘娘都不是問題了嘛。是不是？是不是？爹、娘、爹……〔越來越小聲，進入回憶〕

〔緊連第五景〕

第五景：湘琪回憶

〔湘琪的爹娘一前一後走上舞台，邊走邊說話。湘琪娘一開口的同時，湘琪十分驚訝的回頭，看見是爹娘，初而以旁觀者的角度，而後加入對話〕

湘琪娘：老頭子，回來了？昭兒服下大夫的湯藥，不一會兒就睡著了，黃員外那裡的事情怎麼樣了？

湘琪爹：唉，黃員外的田地說什麼都不讓我們種了。

湘琪娘：無有田地，我們往後怎樣度日？

湘琪爹：休說往後，眼下就活不成了，再也湊不出請大夫的銀錢。

湘琪娘：村長那裡，你去過無有啊？

湘琪爹：去過了，能借錢的地方都去過了。村長非但不肯借貸，還說了好些……唉！

湘琪娘：說些什麼？

湘琪爹：竟要我們把女兒送進宮去。

湘琪娘：老頭兒，這可使不得，我們雖是貧困之家，這賣女兒的事，萬萬是做不出的。

湘琪爹：什麼賣女兒，村長說的是服侍天子，不是賣女兒。

湘琪娘：賣到皇宮也是賣女兒，我可捨不得。

湘琪爹：只有妳捨不得麼？我老頭兒雖然窮困，女兒，卻是捧在掌心養大的，送到宮裡，讓她孤老終生，怎麼捨得？湘琪她娘，妳放心，我不會送她去的，絕不送她去……只是眼下……

湘琪娘：眼下昭兒的藥錢，老頭兒，你要想想辦法、想想辦法啊。

湘琪爹：實實的無法可想了呀！

湘琪娘：難道眼睜睜看著昭兒他——

湘琪爹：〔喃喃自語，好像想說服自己〕村長言道，湘琪進宮，說不準日子過得比現在好。〔一轉念，又覺得自己很不應該，大聲說出反面的話否定自己剛才的念頭〕唉！有什麼好？一輩子關在宮裡、老在宮裡，這叫什麼好？

〔湘琪加入對話，變成回憶中的自己〕

湘　琪：爹、娘，我想到宮中去。

湘琪娘：湘琪……

湘　琪：聽人家說宮裡金碧輝煌，房子都有好幾層高，花園比整個南陵城還大，不愁吃不愁穿，還可以……見到聖上！

湘琪爹：湘琪！

湘琪娘：女兒！

湘　琪：爹、娘，您別擔心嘛，整天窩在這個小村子裡，女兒已經有些悶了，〔開始有點哽咽，但還是硬裝著笑〕到宮裡去可以見識大場面，看看皇帝的排場……如果真讓聖上看上了，封了貴妃，還可以接爹、娘還有弟弟到京裡過日子，〔握住爹的手〕爹年紀大了，不適合拿鋤頭，這雙手，種種花草養養鳥倒好，〔握住娘的手〕娘作針黹作了一輩子，也該休息了，要是老讓針扎到，女兒有多心疼哪。還有昭兒，昭兒年紀雖小，但做姐姐的一看就知道，這孩子以後有出息，住到京裡，過著好人家的日子，像個好人家一樣的教養，將來一定是狀元的料。

〔湘琪的爹娘各自背過身去哭泣〕

〔以下湘琪的段子是欲哭欲笑的，不用很多伴奏，類似山歌小調〕

湘　琪：〔白〕三生幸呀、

〔唱〕三生有幸，鄉野女子、得近龍顏、睹天容，

〔白〕上京城呀、

〔唱〕歡歡喜喜的上京城，似狀元赴瓊林宴、花香盡入長安風。

〔吟、笑、哭〕封貴妃呀、做娘娘……

〔場景由回憶轉回後宮，眾宮女還在哭泣，廣芝仍在安慰〕

〔雙月離開自己的宮房，走到舞台另一側的梅苑，讓我們看看做娘娘又是如何〕

〔不要間斷、緊連第六景〕

第六景：梅苑

〔一個太監走出舞台，到花園的部分，一個女人，是梅妃，也走到舞台上，兩個人只有動作沒有聲音，梅妃似乎叫住太監，問他些問題，太監搖搖頭，離開，梅妃覺得失望，來到花園的一株梅樹前〕

雙　月：娘娘。〔這句娘娘，呼應著上一場湘琪結束時的做娘娘〕

梅　妃：〔沒有轉頭看來人是誰〕梅花……都凋殘了。〔沉默，轉頭看，是雙月〕是妳……

雙　月：奴婢雙月，娘娘。

梅　妃：自那日妳替聖上送來了曲譜詩稿，聖上至今還未曾來過。

雙　月：……

梅　妃：巾帕上的詩句，我已繡好多時了。

雙　月：……

梅　妃：〔苦笑〕聖上他……可曾命妳拿什麼與我？

雙　月：……無有。

梅　妃：〔沉默。清唱〈長門賦〉首句，用笛子伴奏〕

夫何一佳人兮，步逍遙以自虞。

魂逾佚而不反兮，形枯槁而獨居。……

〔在〈長門賦〉的清唱中，燈光漸暗，梅妃孤獨的坐在暗處，不下場〕

第七景：後宮井邊

〔花園，井邊。湘琪已在場上，站在井邊回想事情〕

湘　琪：〔唱〕

又想起、那一日、井邊情韻，

我與他、十指纏、共度春情。

望仙髻、遠山眉、翠袖碧領，

自此後、數年不改、重待雨雲。

悄然間、沒知曉、白了雙鬢，
徘徊流連、盼一朝、舊夢重溫。
〔白〕聖上……你當真忘了嗎？忘了那一夜你曾經說我像水仙一樣清雅……可我還記得，記得你說要我等你、記得你手心的溫度、記得你微笑著要我別害怕……你怎麼就忘了……忘了我的容貌、也忘了我的名字……
〔對井照影、半唸半吟〕
井中影、泛珠光、面頰猶潤，
色未衰、愛已弛、華髮早生。〔不斷的往井裡面看〕
〔不要間斷、緊連第八景〕
〔湘琪掉進井裡！但不要演出來。驟然暗燈、音樂驚悚〕
〔突然燈暗〕

第八景：梅苑

〔燈亮時，湘琪已不在舞台上，取而代之的是梅妃〕
〔梅妃坐在梅樹之旁的長凳上，神情落寞〕

〔何公公上，宣讀聖上旨意，配合著喜慶的音樂。宮女經過梅妃面前，都沒有看到梅妃〕

何公公：聖上有旨，賜楊娘娘朱綺紅綾、白玉冰綃、琉璃薄紗。

〔兩位宮女一前一後捧著布匹上台、走過、下台〕

賜楊娘娘吐谷渾麝香、南海沉香、印度龍涎香。

〔兩位宮女一前一後捧著香料盒子上台、走過、下台〕

賜楊娘娘碧玉環、秘色瓷、鎏金銅鏡。

〔兩位宮女一前一後捧著寶玩上台、走過、下台〕

賜楊娘娘嶺南鮮荔枝。

〔兩位太監一前一後捧著荔枝上台。一個下去了，後面那個被叫住。喜慶的音樂驟停〕

梅　妃：轉來。

太　監：娘娘……參見娘娘，奴才該死，不知娘娘在此，請娘娘恕罪。

梅　妃：你手拿何物？

太　監：回娘娘，是荔枝。

梅　妃：荔枝……？喔、喔，我知道了，你去吧。

太　監：是。

〔雙月上〕

雙　月：娘娘，您在這裡。

梅　妃：今日一整天我都坐在此處，坐在梅樹之旁。看了好些人，來來去去的。

〔一個太監手捧著一個盒子出現〕

太　監：參見娘娘。

梅　妃：平身。

太　監：謝娘娘。

梅　妃：還有何事？

太　監：娘娘……這……這是聖上賜與娘娘的。〔打開手上的盒子，是珍珠〕

雙　月：是珍珠……

梅　妃：聖上、聖上說他何時到此？

太　監：這……回娘娘，聖上沒說。

〔梅妃沉寂了一會兒。一手將整盒珠子打翻在地〕

梅　妃：長門自是無梳洗，何必珍珠慰寂寥？

〔太監蹲了下來，慌忙的收著散落一地的珍珠〕

梅　妃：〔唱〕

柳葉雙眉久不描，
殘妝和淚污紅綃。
長門自是無梳洗，
何必珍珠慰寂寥？

〔梅妃下〕

〔雙月撿了一顆珍珠，拿在手上發愣〕

雙　月：被人深愛、又為人拋棄？那是怎樣的情懷？

〔唱〕

我羨妳、曾荷恩寵、得青睞，
我羨妳、猶有珍珠、遣悲懷。
梅苑梅林、今猶在，

可供憑弔、可徘徊。

縱使妳、今生無復、承歡愛，

已然是、悲喜歷盡、遍嚐歡哀。

堪羨妳、入夢時、笑靨啼痕、相偕來——

〔白〕不似我、不似我——

〔唱〕

人間情、世間愛、從無一點、入心懷。

爹娘恩、早隨黃土、塵埃葬，

手足情、兒時樂、春去秋來、已忘懷。

從不解、何謂兩情相關愛？

何謂情冷被拋開？

我為何人夢縈懷？

何人與我共歡哀？

回首前塵情何在？

虛渺渺、空蕩蕩，但只有、寂寂宮苑、霧鎖塵埋。

〔白〕那是怎樣的情懷？被人深愛、又為人拋棄，有誰可以告訴我，那是什麼？

被人深愛、又為人拋棄？那是怎樣的情懷？

〔燈漸暗〕

〔不要間斷、音樂相連、緊接第九景〕

第九景：無確實環境　廣芝心聲

〔另一區燈漸亮，廣芝看著雙月的方向〕

廣　芝：〔唱〕

爹娘恩、天倫樂、誰人不盼？
怎奈今生已無緣。
人間情、世間愛、千種萬般，
未必相思才情牽。
寂寂宮苑得相伴，
互訴寂寥、同享悲歡。
不必比妝豔，
何必盼天顏？
貼心體己、問寒暖，

千載難逢、今世緣。

〔燈漸暗〕

〔不要間斷、音樂相連、緊接第十景〕

第十景：後宮

〔另一區燈漸亮，一群宮女，一同坐著縫製衣服，音樂連貫〕

宮女們：〔合唱〕

今生緣、今生未必能相會，
聚散離合、實難期。
一針一線、縫密密，
不知是誰、穿此衣？
有緣為何、難相會？
無緣為何、縫此衣？
緣起緣滅、無端的，

聚散離合、實難期。

宮女乙：姐姐妳瞧，我只剩這一件了，袖子縫好就完工了。

宮女甲：妳做得好快呀。

宮女乙：在家裡的時候，娘總誇我的女紅好。

宮女丁：我沒給親人做過衣服，反倒先給陌生人做了衣服。

宮女乙：穿了妳親手做的衣服，就不是陌生人了。

宮女丙、丁：怎麼不是陌生人？

宮女乙：妳想想呀，這衣裳是我們一針一線縫出來的，裡裡外外都摸透了，穿上這衣裳，

還是陌生人嗎？

宮女甲、丙、丁：妳說話真不知羞。

宮女乙：本來就是如此。

〔湘琪撩著頭髮上。做發寒的動作，好似在冰天雪地中。走過征衣群宮女前面〕

湘　琪：〔唱〕

濕浸浸、水淋淋、長髮滴瀝，

冷冰冰、寒透透、涼沁背脊。

甩不乾、梳不開、糾結難理，

取巾帕、再揾拭、依舊淋漓。

宮女甲：湘琪姐姐，怎麼妳走過之處、盡都是水珠？

宮女乙：姐姐的頭髮沒擦乾哪。

湘　琪：怎麼擦也擦不乾……

宮女丙：莫不是房裡的濕氣太重？

宮女丁：怎麼就姐姐一人如此？

湘　琪：我好冷，一陣陣的寒顫，冷……

宮女甲：為了這批征衣，姐姐近來操心了，臉色蒼白不少。

宮女丙、丁：姐姐要多歇息、養身子。

宮女乙：可是姐姐妳也做得太慢了，養身子歸養身子，交差的日期可也別耽誤了。妳瞧，

廣芝姐姐的衣裳已經做完啦！

〔雙月與廣芝各捧著一個小衣籃上，衣籃裡放著做了一半的衣裳〕

〔湘琪暫下，或是進入燈光暗處〕

雙月、廣芝：〔合唱〕

捧衣籃、做針黹、絲絲縷縷，

奉聖旨、萬里烽煙、製征衣。

宮女甲：廣芝姐姐，妳的征衣不是前幾日就做完了嗎，怎麼還在縫製衣裳？〔廣芝指著雙月，微笑〕喔，是替雙月姐姐做的麼？聽說廣芝姐姐待雙月好，常常替她做新衣服，真令人羨慕。

雙　月：〔唱〕
我不是、誰人的妻，
卻為他、裁製新衣。

廣　芝：〔唱〕
我為她、費心掛意，
樂見她、開懷笑微。

〔雙月與廣芝分別拿起衣籃中的衣服來看〕

〔廣芝站在雙月後面、雙月拿著衣服對著前方比擬、廣芝在她身後對著她的身型比擬〕

雙　月：〔唱〕不知他、肩寬袖長、幾多許？

廣　芝：〔唱〕美人肩、細頸柳腰、玉香軀。

雙　月：〔唱〕不知他、容顏貌、身型氣息？

廣　芝：〔唱〕親近她、玉精神、似雪冰肌。

雙　月：〔唱〕彷彿間、他身姿形影、在目歷歷，

廣芝：〔唱〕難得見、她倚風凝睇、含情依依。

雙月：〔合唱〕羞答答、我為他、親手披衣……

廣芝：情切切、我為她、親手披衣……

〔雙月做出替一個空氣人披衣的動作，她披上之時、廣芝為她做的衣服也恰好披在她的身上。雙月一驚，將征衣揣入懷中，回頭看著廣芝〕

〔因為靠得太近，雙月只見到廣芝的眼神、好像一個異性似的〕

雙月：〔唱〕是真是幻、恍惚迷離。

廣芝：雙月……

〔雙月的幻覺被打醒，稍微躲開廣芝，但不是很決絕的〕

〔以下的對話如夢似幻〕

廣芝：雙月……

雙月：姐姐若是男兒身便好。

廣芝：怎生便好？

雙月：只可惜姐姐不為男身。

廣　芝：〔沮喪〕也只可惜王公公不為男身。

雙　月：姐姐若能與王公公結為夫婦，相扶一生，豈不是好？只是……

廣　芝：我與他……那妹妹便是如何？

雙　月：我……

廣　芝：〔聲音淒苦〕妹妹便是如何？

雙　月：我……〔拿起手中的衣服〕就當這征衣是為夫婿而縫，只待他自沙場征戰而歸。

哪怕是鏡花水月、見影無形，我只想要個……想要個……

〔雙月不語。廣芝也不再追問。雙月拿著征衣走到舞台另一邊，對著征衣發呆〕

〔原本坐在舞台後方的湘琪站了起來〕

〔雙月、湘琪、廣芝為等腰三角形的三個頂點。湘琪為頂角、雙月廣芝為底角〕

湘　琪：〔呢喃的〕聖上……聖上……您記得麼？我還在此等候著您……我好冷……好冷

……我的頭髮……

廣　芝：雙月……妳想要的……我給不得麼……

幕　後：〔唱、用笛子伴奏〕

一顆心、託何方？

一點情、寄哪廂？

心扉緊掩、誰啟窗？
天蒼地茫、總也有歸鄉，
歸鄉、歸鄉在何方？歸鄉在何方？

〔燈暗〕

〔中場休息〕

第十一景：邊關塞外

幕　後：〔笛子伴奏吟唱、淒涼〕

誰家玉笛暗飛聲？
化作春風滿邊城。

〔塞外，仍舊是寒冬〕

〔陳評先上場，他從懷中小心翼翼的拿出一張紙，反覆的看〕

〔而後李文梁上〕

李文梁：看些什麼？

陳　評：〔嚇了一跳〕無有什麼。〔慌忙將紙收入懷中〕

李文梁：近來賢弟氣色頗佳。

陳　評：大哥此言當真？

李文梁：騙你做什麼？

陳　評：大哥……〔停頓〕我想回去……我想回去。〔激動的〕大哥，求你幫我，我未曾這般想過……

李文梁：說什麼求與幫？無論如何我都會與賢弟一同回去。

陳　評：〔咳嗽〕可我怕……怕我回不去長安……

李文梁：有我在，一定讓你平安回去。

陳　評：〔沉默片刻〕大哥，小弟有件東西想讓你看看。

李文梁：什麼東西？

陳　評：是一首詩……

李文梁：詩？什麼樣的詩？

〔陳評從懷中取出一張紙，遞給李文梁。李文梁閱讀的時候配上幕後女聲清唱〕

幕後女：〔唱〕

沙場征戍客，寒苦對誰言。
征袍親手作，知落誰人邊。
著意多添線，含情更絮綿。
今生已過也，相約來世緣。

〔雙月上，口中唸著「今生已過也，相約來世緣」，李文梁同時也忘情的望著遠方，重複「今生已過也，相約來世緣」〕

雙月、李文梁：〔同時〕今生已過也，相約來世緣。

〔廣芝出奇不意上，從雙月頸子後對她說話，好像高中男生逗著高中女生那樣〕

廣　芝：〔帶著點笑意〕妳……與哪個結來世緣？

雙　月：我與……

廣　芝：〔仍是逗弄的情趣〕與哪個？

雙　月：姐姐〔廣芝暗喜，雙月猶豫〕，妹妹有一事要對妳說，妳不要對旁人去講啊。

廣　芝：〔坐近身邊〕我不對人說，妳的心事，我只會放在我的心內。

雙　月：〔耳語〕

廣　芝：啊？

＊

李文梁：這詩稿從何而得？

陳　評：這詩稿，便是夾在冬衣內側綿絮之中，那縫衣寫詩之人，留了一個小縫未曾密縫，只用線兒輕輕的勾了兩圈。

李文梁：啊！

＊

廣　芝：〔驚訝〕什麼？妳……寫了「相約來世緣」？

＊

陳　評：〔停頓〕大哥，我想回去，回去見她一面。

李文梁：深宮內苑，你我一般男子如何見得？況且她是聖上的人哪。

陳　評：她是聖上的人，可這詩稿，分明是聖上不見憐於她……聖上不愛她，我會愛她，我可以愛她……只要我活著回得了長安。

李文梁：縱然回轉長安，也是見不著的！

*

廣　芝：雙月呀，宮禁之嚴妳豈不曉？宮女不許與外面互通聲息，何況是、何況是定下來生之約……聖上若是知道，怕是要砍頭的呀。

雙　月：似這般沒日沒夜的關在宮裡，可又強過砍頭麼？姐姐啊，我等著聖恩眷顧，一等便是十五年。十五年……那日花園偶然相見，他、他……竟連我的名姓，也不曾問出口。我將詩稿藏在征衣之內，任憑關山萬里，終有一人得知我心。

廣　芝：那人連個形兒影兒俱都無有，怎將相思、一逕的託付秋風？

*

陳　評：我打小體弱，除了大哥無有知己朋友，更別說是個姑娘家。大哥，袍衣九千，偏是我得她詩稿，縱使此生相見，難如登天，我忘不了她，也不能忘她。

*

雙　月：只要他得了我的詩稿，知道這煙鎖重樓之內，有一女子願委身於他，偶爾思及，便在心頭猜我幾分、想我幾分，而我，也似那有家歸不得的遊子，身雖漂泊，心有所歸，這也便罷了。

*

陳　評：她與我這般相似，換做是其他人、能比我更瞭解她麼？大哥，我能負她嗎？如若是你，你忍心負她嗎？

*

廣　芝：如若得詩之人，將這詩稿上報朝廷，負了妳，怎生是好？

雙　月：便是如此，也是雙月命薄，死即死矣，何懼之有？

廣　芝：〔激動的〕妳可以死，我、我卻見不得妳死！

雙　月：妳不懂的。

廣　芝：我哪裡不懂？我……我不能麼？我這樣照顧於妳，還不夠麼？

雙　月：我要的不是這些。

〔廣芝突然拉住雙月的手，一言不發的盯著她看，雙月起先不察，而後突然明白似的，想要掙脫廣芝的手，廣芝仍然緊握雙月〕

〔雙月跑下場，只留廣芝一人獨自在場上〕

幕後女：〔笛子伴奏吟唱。淒涼〕

誰家玉笛暗飛聲？
惜花人對落花風。

＊

陳　評：大哥你想，這女子是何等形容？
李文梁：我哪裡知道？
陳　評：她必是——
〔吟唱〕
眉似彎月、眼如秋水，
膚若凝脂、唇勝蓓蕾。
巧笑倩兮、……〔咳〕

〔李文梁扶陳評下〕

廣　芝：重樓深宮，男身、女身又有何別？偏戀那水中月、鏡中花，怎不見、枕邊明鏡早已長伴紅妝？

〔李文梁扶陳評下，又上〕

李文梁：她必是——

〔陶醉的神情、吟唱〕

巧笑倩兮、勾人迷醉，

凌波微步、烏絲輕飛。

幕後女：〔笛子伴奏吟唱、溫馨〕

誰家玉笛暗飛聲？

化作春風滿邊城。

〔廣芝下，李文梁陳評兩人又上。此處試著用三個人的蹉步表演「人為的轉台」，移轉一圈後，陳評才又拿出雙月的詩稿，小心翼翼的攤開，臉上充滿著幸福的讀著〕

李文梁：〔唱〕風刀霜劍、征甲透，

陳　評：〔唱〕萬里昏塵、長年秋。

李文梁：〔唱〕絕域蒼茫、何所有？

陳　評：〔唱〕幸有詩稿、懷中收！

〔兩人背對著背，彷佛兩人各自沉溺在自己的幻想，卻有著同樣的心思〕

陳　評：〔唱〕字字行行、貼胸口，

李文梁：〔唱〕絲絲暖意、入心頭。

陳　評：〔唱〕憑此足以、解千愁，

李文梁：〔唱〕憑此足擋、天地秋。

〔陳評又拿出雙月的詩稿，小心翼翼的攤開，臉上充滿著幸福的讀著〕

李文梁：〔踟躕的樣子，終於下定決心的說〕賢弟，這詩稿可否借愚兄一觀？

陳　評：大哥請看。〔李文梁一樣很小心的接了過去〕大哥你想，這女子約莫多少年歲？

李文梁：〔回答得很快、不加思索〕怕有二十八、九歲了。

陳　評：〔一點捉弄的語氣〕大哥怎知？

李文梁：〔發覺陳評已經察覺他也在想這女子的事情，害羞〕猜、猜的，猜的。

陳　評：較之於我，還長個六、七歲，與大哥相比，只略長大哥兩、三春。

李文梁：只略長兩、三春麼？

陳　評：大哥身強體壯、忠厚老實，那女子若能匹配大哥，合是天作良緣。

李文梁：賢弟胡說什麼？

〔統領上，從背後與他倆說話〕

統　領：你倆在看些什麼？

李文梁：是……統領！〔統領一開口，李文梁嚇了一跳，信來不及還給陳評，趕忙藏到身後〕無有什麼。

統　領：還說沒有，拿來。

李文梁：是……是家書，無有什麼好看的。

統　領：你兩個小子，方才我都聽到了，什麼「宮中之人」、「天作良緣」，家書我是管不著的，這「宮中之人」我就非管不可，拿來。

李文梁：真的無有什麼。

統　領：再不拿來，軍法處置。

李文梁：無有什麼就是無有什麼。

統　領：李文梁，說這話、皮可要勒緊囉。我分明看見你藏了東西在身後。

李文梁：要打便打，不必多說。

統　領：打你？我知道你皮厚骨頭硬，打你做什麼？要打——〔看著陳評，一把拉過他〕我打他！來人啊。〔兩名軍士上場〕帶走！〔準備將陳評架走〕

李文梁：且慢！

統　領：怎麼？想通了麼？

李文梁：我……

統　領：還不交出來麼？

李文梁：我……

統　領：來人哪，帶走。

李文梁：我交，我交出來。〔李文梁將詩稿交給統領，交的時候再三猶豫。最後被一把搶了過去〕小心些，不要扯破了。

統　領：什麼寶貝東西，與宮中之人何干？

李文梁：與宮中之人無關。

統　領：李文梁，再不老實些，我打得你這兄弟叫爹叫媽。

李文梁：是……宮中之人夾在冬衣之中。

統　領：好哇，此等大事你等竟敢隱瞞？來人哪，帶走，明日快馬加鞭上報朝廷，看聖上怎麼處置你。

陳　評：放開我大哥，得此詩稿的是我，要罰就罰我，別帶我大哥走。

李文梁：不，是我！

陳　評：是我！

李文梁：是我！

統　領：好了！別吵，〔指著李文梁〕是你也好，〔指著陳評〕是他也罷，一起帶走，帶走。

〔統領、兩名軍士、陳評、李文梁下〕

〔黑暗中，傳來一聲淒厲的尖叫聲〕

〔淒厲的尖叫聲中、轉為十二景〕

第十二景：後宮

〔燈亮，宮女丁站在台上尖叫，廣芝匆匆忙忙衝上台〕

〔湘琪也上場但步履虛飄、體態虛弱〕

廣芝、湘琪：〔同時〕何事驚慌？

〔宮女丁看到湘琪，又驚叫一聲，指著湘琪說不出一句話，嚇得跑下台了〕

〔廣芝也好奇的看著湘琪〕

廣　芝：怎麼她見了妳竟嚇得魂飛魄散？

湘　琪：〔虛弱〕我不曉得。

廣　芝：大清早吵嚷些什麼。

湘　琪：我不曉得……我不曉得……廣芝，我好冷……

廣　芝：妳的頭髮……怎麼……盡皆是水？

湘　琪：這些頭髮、這些水，折磨得我好難受……怎麼弄也弄不乾……

廣　芝：妳究竟是怎麼了？

湘　琪：我不曉得……我不曉得……我好怕……

廣　芝：怕些什麼？

湘　琪：這頭髮……這濕淋淋的頭髮……

廣　芝：看妳的面色蒼白，我扶妳後面歇息。

〔廣芝扶著湘琪準備入內，宮女丁帶著一群宮女回來〕

宮女丁：〔顫抖著聲音〕瞧！她在那兒。

〔眾宮女半信半疑的看著湘琪，而後驚呼〕

宮女乙：ㄍ……ㄍ……鬼！有鬼呀！

眾宮女：有鬼呀！

〔宮女們一呼而散，燈光驟暗〕

廣　芝：湘琪……？

〔燈光亮，舞台上只剩下廣芝〕

廣　芝：湘琪？湘琪妳在哪裡？怎麼都不見了？

〔廣芝從後台把宮女甲乙丙丁拉出來〕

宮女丁：廣芝姐姐，妳別拉我、別拉呀。

廣　芝：怎麼躲到假山後面去了？方才叫些什麼？

宮女丁：鬼、鬼。

廣　芝：什麼鬼？

宮女丁：湘琪姐姐……

廣　芝：胡說些什麼？湘琪方才好端端的站在此處。

宮女丁：〔結結巴巴的說〕當真是鬼。今早不知哪位宮女到御花園一處涼井邊，正欲打水，只覺承水的木桶沉重異常，便要幾位宮女一同拉起，卻見木桶之內……木桶之內……

廣　芝：有些什麼？

宮女甲：攔腰橫放一具頭梳望仙髻、身著翠袖碧領衣裳的女屍……何公公請來了仵作，說道這屍體已然、已然數十日之久。

廣　芝：望仙髻、翠袖碧領……這……

宮女甲：便是湘琪姐姐，除了她、還有誰人作此裝束？

廣　芝：我不信，方才她尚在我身旁，說道髮濕難耐……她的頭髮……那屍體當真是湘琪麼？

宮女乙：雙月姐姐也看到了，不信問雙月姐姐……〔對著後台〕雙月姐姐、雙月姐姐……〔雙月上〕雙月姐姐，妳快告訴廣芝，妳見到的是不是湘琪。

廣　芝：雙月?!

〔雙月點點頭〕

廣　芝：湘琪……

〔唱〕

霎時間、人影消散，

空餘下、水淋漓、雨淚潸潸。
卻原來、她今生已矣、人已遠，
她、她、她、她竟是、脫胎棄骨、留戀人間。
一點情根、難斬斷，
萬種痴念、拋撇難。
生死大限、誰能解？
欲說無言、欲說無言！

女　聲：〔伴唱〕
春蠶到死、絲難斷，
蠟炬成灰、淚不乾。

廣　芝：〔唱〕
縱是人生、終需別，
我也要、親折水仙、相送故人、離塵凡。
〔廣芝在舞台上四處尋覓〕
〔白〕湘琪……湘琪……
〔唱〕芳魂何在、身兒影兒、何處見？

〔湘琪鬼步上〕

湘　琪：廣芝，我在這裡……廣芝！〔廣芝走過湘琪身邊，卻看不見她〕

廣　芝：〔唱〕空餘下、水淋漓、雨淚潸潸。

〔廣芝來到雙月身邊，雙月安慰她〕

〔湘琪捧著頭髮〕

湘　琪：原來……原來我……井畔相約、竟只有我一人當真……竟只有我一人痴心以待……聖上……不信君王無真情！只是我、我等不及了……若有來生，……望仙髻、遠山眉、翠袖碧領，你要記得我是湘琪……

〔湘琪鬼步飄蕩下〕

女　聲：〔伴唱〕

春蠶到死、絲難斷，
蠟炬成灰、淚不乾。

廣　芝：湘琪……

〔眾宮女走出舞台上來，一同哀傷〕

〔笛聲獨奏〕

〔何公公上〕

何公公：哭哭啼啼的鬧些什麼？

廣　芝：湘琪她……

何公公：別哭了別哭了，妳們哪！闖了大禍了！

廣芝、雙月：〔互相看彼此，同時說出〕闖了大禍？

何公公：諾諾，聖上讓妳們替邊關將士縫製冬衣，是哪一個在衣中藏了情詩？

廣　芝：〔驚慌〕怎麼？

何公公：怎麼？聖上知道了呀。

廣芝、雙月：聖上……知道了……

何公公：知道了呀。妳們是哪一個人這麼糊塗？這可是要砍腦袋的呀。

廣　芝：〔趕在雙月之前〕是我。

雙　月：是我。

何公公：〔指著廣芝與雙月〕是哪一個？

廣芝、雙月：〔同時〕是我。

何公公：是哪一個？

廣　芝：是我、是我，〔握住雙月的手〕雙月，是我寫的呀。

雙　月：何公公，廣芝姐姐是在替我擔罪，不要信她。

何公公：別吵！咱家不管詩是誰寫的，〔看著廣芝與雙月，停頓〕誰要去？

廣芝、雙月：〔同時〕我去。

何公公：孽債、冤孽債，當真想尋死，就一塊去好了。

〔何公公帶雙月、廣芝下，而後眾宮人隨之轉場〕

〔不要間斷、轉場時換為第十三景〕

第十三景：後宮涼亭

〔場景換到涼亭，皇帝背對著觀眾坐在涼亭內〕

皇　上：孤的後宮竟出了這等奇事！〔皇帝轉過身來，打開詩稿看〕見這字跡娟秀，興許是一絕色女子。又聽聞得詩的男子暗藏詩稿，不願上報朝廷，這倒有趣，今日孤要看看，是怎樣的女子與怎樣的男兒。內侍，人可曾帶到？

太　監：現已帶到。

〔統領將李文梁、陳評，何公公將雙月、廣芝帶上，四人跪下〕

四　人：罪民李文梁、陳評，犯婢廣芝、雙月參見聖上，聖上萬歲萬萬歲。

皇　上：起來說話。

四　人：謝聖上。〔四人站起〕

皇　上：這詩稿何人所寫？

廣芝、雙月：〔同時〕是我。

〔聖上看了看廣芝與雙月。陳評、李文梁也在偷看，聖上決定先不要問她們〕

皇　上：這詩稿何人所得？

陳評、李文梁：〔同時〕是我。

皇　上：大膽。這詩可同寫，怎麼?連衣服都可以同穿的麼?還不速速招來?

〔陳評欲說話，但身體已經差到不行，只是一直咳嗽，李文梁在旁十分緊張，帶著哭音想要承認是自己得到詩稿〕

李文梁：聖上，詩稿千真萬確是我所得，請聖上降罪，將罪民綁赴法場正法。

陳　評：〔勉強的很虛弱的說〕是我，聖上，是我所得。

〔唱〕

自幼體弱、人憔悴，

到邊塞、越覺得、意冷心灰。

征衣中、得詩稿、驚喜交集，

字字行行、入心扉。

我念她、困重苑、如花逝水，

恰似我、病身軀、有翅難飛。

憑字跡、想倩影、暗自描繪，

〔陳評看了看雙月與廣芝，好像晃神似的，是李文梁偷偷拉他，他才回神。聖上都看在眼裡〕

描不出、玲瓏心、淚眼淒迷。

雖知道、這樁事、理應奏啟，

又怎忍、陷她於罪、把嬋娟折摧。

〔白〕罪民藏匿詩稿，罪該萬死，請聖上降罪。

李文梁：聖上，別聽他說，詩稿千真萬確是我所得，請聖上降罪，將罪民綁赴法場正法。

陳　評：是我所得。

皇　上：︹對李文梁︺你說你是得詩之人，這詩，想必也是讀過的了？

李文梁：回聖上，是。

皇　上：你……可也對寫詩之人動了心？

李文梁：罪民不敢。

皇　上：你得了詩也未動情，卻為何不將這詩稿上報朝廷？

李文梁：這……雖未動情，寫詩之人情有可原，不願她因此獲罪，故爾藏匿詩稿。

皇　上：喔？︹結束與李文梁對話，轉頭對著雙月、廣芝︺妳二人抬起頭來。

雙月、廣芝：是。

皇　上：︹對著雙月︺孤可曾見過妳？

雙　月：回聖上，見過。

皇　上：喔？

雙　月：那日在花園內涼亭邊，唔、就是此處，犯婢打擾了聖上的午憩。

皇　上：︹聖上還是想不起來︺此地？

雙　月：乘風欲訪翠，春意入深閨；舉觴不求醉，興至意所歸……

皇　上：是妳？

雙　月：是我，聖上記不得我，可還記得自己的詩作。

何公公：大膽，竟敢出言不遜。

皇　上：無妨。詩稿是何人所作？

雙月、廣芝：〔同時〕是我。

皇　上：可又來。

四　人：聖上，要殺就殺我吧。

皇　上：倒還都是些個有情男女。

四　人：請聖上降罪。

〔聖上走下龍椅，在四人之間走過，仔細看了他們，回想自己〕

皇　上：〔唱〕

不由得、思想起、故人舊愛，
也曾誇、梅枝兒、玲瓏纖白，
〔看著雙月〕
便是她、拾譜試唱、涼亭外，
替孤王、傳情意、欲為梅妃遣愁懷。
那梅妃、一斛珍珠、垂淚還，
孤這裡、手捧玉匣、不忍開。
珍珠似淚、泣無聲，

難將舊夢、喚回來。
為梅妃、孤負盡了、三千粉黛，
又為楊妃、將梅枝兒、冷落拋開。
今生久已、陷情海，
忍教他人、愁難開？
多情天子、償情債，
人間情根、（夾白：我要）仔細栽、仔細栽！
〔看著雙月與廣芝，有點喃喃自語的〕
〔白〕是孤負了妳們，孤今日就還妳們一個公道。〔走回龍椅〕詩稿何人所寫、何人所得，從實招來，不論是誰，孤一概不究。

四　人：是我。

皇　上：〔有點嚴肅，一種天子的氣勢，緩慢而讓人無法拒絕。以至於四人有點嚇到說了真話〕到底是哪個？

雙　月：回聖上，詩稿為犯婢雙月所寫。

陳　評：回聖上，詩稿為罪民陳評所得。

皇　上：是妳？

雙　月：是犯婢。

皇　上：是你？

陳　評：是罪民。

皇　上：嗯！還說什麼犯婢罪民，孤都說了一概不究！〔停頓〕男歡女愛、天經地義，何罪之有？「今生已過也，相約來世緣」，人皆言道，無情最是帝王家，孤偏要做個多情天子！我讓你們今生結緣。陳評，孤今日將雙月許配與你，你可願意？

〔陳評、雙月兩人愣住〕

皇　上：還有什麼猶豫的麼？

陳評、雙月：這……

何公公：還不謝恩？

陳評、雙月：〔兩人跪下〕謝聖上。

皇　上：傳孤旨意，邊關戍卒，三年一調，〔對著李文梁、陳評〕你二人戍邊十年，不必回轉邊城，返鄉去吧。

陳評、李文梁：謝聖上。

〔聖上下〕

〔陳評咳嗽，原本是陳評打算起身後將雙月扶起，卻咳得起不了身，雙月扶起陳評，之後李文梁過來幫忙，雙月連忙轉頭看著廣芝、握住廣芝的手，彷彿捨不得與她分離〕

何公公：〔對著雙月與陳評〕雙月，這就隨他去吧。

〔眾人離涼亭，來到外面〕

雙　月：姐姐！

廣　芝：雙月，妳保重，別掛念我，放心隨他去吧。

雙　月：姐姐……

〔唱〕

分別時、才驚覺、情深似海，
十五年、相依偎、情種早栽。
臨別一禮、深深拜，

〔二人相擁而泣〕

只留妳、形孤影單、相思捱。

廣　芝：〔唱〕

聞此言、心潮澎湃，
難分悲喜、淚滿腮。

休念我、影孤單、相思難耐，
喜妳今生、得安排。
寄詩稿、招大禍、性命危殆，
幸遇他、真心護持、我別無一語、唯有這無盡的感懷。
從今後、深宮苑、黃菊獨栽，
但等到、簾捲西風、盼有馨香入夢來。
今生相依十五載，
待來生、續前緣、相依相偎共徘徊。

雙　月：姐姐！〔認真的、一字一字的說〕今生已過也，相約來世緣。

廣　芝：相約來世緣?!

雙　月：〔肯定的點頭〕來世緣！

廣　芝：快去吧，別讓妳的夫婿久等了。

〔原本是李文梁扶著陳評，此時李文梁將陳評交到雙月手中，由雙月扶著陳評，李文梁看著雙月〕

李文梁：果真是——〔唱〕

眉似彎月、眼如秋水，
膚若凝脂、唇勝蓓蕾。

〔李文梁一邊吟，陳評一邊扶著雙月準備走下舞台〕

〔快到舞台盡頭的地方，陳評咳嗽，這個咳嗽程度是全齣戲最嚴重，咳完之後陳評回過頭來，對著李文梁說話〕

陳　評：大哥，以後的事情拜託你了，就請你多多照顧——〔看著雙月〕請你好好待她——

〔陳評、雙月下〕

〔廣芝與李文梁對看〕

廣　芝：他們都走了。

李文梁：是啊，只剩下我們了。

〔二人相視而笑〕

〔燈暗。廣芝與李文梁分兩邊下〕

〔緊接著第十四景〕

第十四景

〔而後燈亮，但！不要全亮，半亮就好。以下將進行無台詞的表演。因為不想要唱詞打擾觀眾觀看舞台畫面，本段表演請設計動聽、出色的音樂烘托畫面，笛子！〕

〔舞台的一側，陳評一副快死掉的樣子，雙月在旁哭哭啼啼，陳評喘氣，台上出現一個靈桌，雙月在此時披上一件一面白色、一面紅色的斗篷，白色的那面朝外，雙月給陳評上香，李文梁緩緩的走出來，也給陳評上香。然後李文梁陪著雙月走到舞台的另一側，在兩人走動的過程中，登光照不到靈桌，在另外一側，也就是李文梁與雙月即將要走到的地方，有紅蠟燭的喜桌，在喜桌面前，李文梁把雙月的白色斗篷脫下，翻過來變成紅色，為雙月披上。兩個人成了婚〕

第十五景：宮牆外

〔仍然是暗場，幕後有太監宣讀聖旨的聲音〕

幕後男：奉天承運，皇帝詔曰，自孤登基以來，年年采女，歲歲選秀，後宮宮人為數過多，於今一為宮人思鄉，二為節省後宮開支，特令三千宮人，願去者去，願留者留，欽此、謝恩。

眾宮女：吾皇萬歲萬萬歲！

〔燈亮，從舞台後面的兩個出口，跑出一堆宮女，從舞台前面的兩個出口，跑出一堆家人，有老有少〕

眾宮人：爹、娘。

眾家人：女兒！我的女兒呀！

〔在一片歡喜與哭泣聲中，廣芝幕後唱導板〕

廣　芝：〔唱〕耳邊廂、猶聽得、捱不盡的、聲聲更漏！

〔廣芝拿著個包包，緩緩的走了出來。走到舞台中央，回看皇宮〕

〔向前走了幾步，環顧四周。以下唱段用彷彿重生的感覺來唱〕

〔唱〕抬望眼、竟是這、金菊滿叢、雨過清秋。

〔白〕雙月，妳在何處？三年了，妳過得可好？姐姐我、我、終究也出了宮帷！

〔唱〕

從今後、天寬海闊、任游走、任游走——〔忽然驚覺孑然一身……無處可去！忽然驚覺她根本不認識這個世界！〕

茫茫人海、何處是歸舟、何處是歸舟？

多少回、羡鴻飛、穿山越岫，

羡粉蝶、花叢間、自在悠遊。

待展翅、竟驚覺、欲飛無力，

才知道、不識人間、樂與憂。

〔廣芝呆在原地〕

〔一對老夫妻上場，似乎在等著他們的家人〕

湘琪爹：兒啊。〔廣芝回頭〕認錯了、認錯了，不是我的女兒。

廣　芝：老人家，你的女兒叫何名字？

湘琪爹：我的女兒名喚湘琪。

廣　芝：湘琪……

湘琪爹：妳可曾聽過？

湘琪娘：大眼高鼻，好認得很，妳認得她麼？

廣　芝：我……

湘琪爹娘：認得麼？

廣　芝：認得。

湘琪爹：認得？〔回頭對湘琪娘說〕老太婆，她認得我們的女兒！

廣　芝：我與她是好姊妹。

湘琪娘：好姊妹！老頭兒，是女兒的好姊妹！湘琪可好？胖了？瘦了？

湘琪爹：湘琪可好？怎麼還不出來呢？

廣　芝：湘琪要我轉告伯父伯母一聲，她在宮中過得很好，已是聖上的人了，只得留在宮中。

湘琪爹：〔喜出望外〕原來湘琪女兒做了娘娘！

湘琪娘：做了娘娘？原來我們女兒在宮裡享福呢！我們這十幾年是白操心的了！

廣　芝：〔突然想起什麼似的，這個「突然想起」是做給觀眾看、而非湘琪父母〕伯父、伯母，這有一些珠寶首飾，是湘琪要我交於你們的，她說聖上還會有別的賞賜，這些就讓我帶出來與您收下，她只望二老能體諒她留在宮中，難盡孝道。

湘琪娘：湘琪……這孩子未曾吃苦就好、未曾吃苦就好。

湘琪爹：走吧，老太婆，我們回家去吧。

湘琪娘：只是還未見著女兒一面……

湘琪爹：做了娘娘，見不著了！

湘琪娘：做了娘娘，見不著了？

湘琪爹：見不著了！老太婆，未曾吃苦就好，別太貪心了，回家去吧，回家去吧。

〔湘琪爹娘下〕

〔在湘琪爹娘與廣芝對話的過程中，李文梁與雙月悄悄的也來到宮門之外，看著廣芝的一舉一動〕

〔廣芝望著湘琪爹娘的背影，發現自己存的首飾都沒了，雖然不知道該怎麼走下一步，依舊露出欣慰的表情〕

〔雙月從廣芝背後說話，廣芝聽到了雙月的聲音，高興的轉過頭來〕

雙　月：傻姐姐，妳將盤纏資物都給了人家，往後可要怎樣度日？

廣　芝：雙月！妳怎麼、妳怎麼來了？

雙　月：我聞聽聖上降旨放宮人出宮，便與文梁來此等侯於妳。

廣　芝：文梁？妳與文梁……？

〔雙月點頭〕

雙　月：姐姐今後做何打算？

廣　芝：走一步算一步。

雙　月：身無長物，這一步、要如何走啊？

廣　芝：大不了即刻回頭，回轉宮中便是。

雙　月：姐姐說什麼傻話，來與我、與文梁一同生活吧。

廣　芝：與你們一同生活？

雙月、李文梁：便是。姐姐可是不願？

廣　芝：雙月……

雙　月：〔摟住了廣芝的手臂〕姐姐……

〔唱〕

同做個、繡花女、情絲穿引，
同做個、賣花人、栽種情根。
更逢著、賣花郎、惜花情重，〔對李文梁唱〕
賞秋菊、憐芳菲、相顧相欣。
從今生死與君共、與君共，〔第一個「與君共」對廣芝唱，第二個「與君共」對文梁唱〕
一點幽歡、三人同。

三　人：〔合唱〕

問風兒、何謂愛、何謂情？

穿關山、越宮牆、千里隨行

幕後女聲：〔唱〕

問風兒、何謂愛、何謂情？

穿關山、越宮牆、天地共存。

天地啊——天地不曾、為動容，

多虧了、痴情天子、有閒情。

痴情天子有閒情，

待到了、三個人兒兩盞燈。

三個人兒、兩盞燈、兩盞燈，

三個人兒兩盞燈。

〔幕後女聲伴唱的部分，廣芝、雙月、李文梁三人做出高高與「行路」的動作，雙月拉著廣芝，文梁在前、邊走邊回頭看，而後文梁與雙月比劃著家到了，文梁推開門，讓雙月與廣芝進屋裡去／下場，然後文梁關上門也進屋／下場了，燈光昏暗〕

〔在昏暗的燈光中，廣芝與文梁各拿著一盞燈從左、右側舞台同上，而後雙月上，雙月先到文梁那邊，文梁掩門，與雙月同下，而後雙月又上，到廣芝那邊，廣芝掩門，與雙月同下。剛好幕後曲唱完「三個人兒、兩盞燈」〕

〔劇終〕

王安祈・趙雪君 合編

金鎖記

根據張愛玲同名小說改編

攝影／林榮錄

人物表（按出場順序）

曹七巧：姜家二奶奶
長　白：曹七巧之子
長　安：曹七巧之女
小　劉：中藥鋪夥計，僅出現於曹七巧的夢境與幻境
龍　旺：姜家下人
龍　福：姜家下人
二　爺：曹七巧之夫，骨癆癱瘓
小　雙：曹七巧丫環
曹大年：曹七巧之兄
嫂　子：曹七巧之嫂
大奶奶：姜家大奶奶，大爺妻
雲妹妹：姜家未出閣小姐，姜雲澤
榴　喜：姜家丫環
大　爺：姜家大爺，姜伯澤

三　爺：姜家三爺，姜季澤

三奶奶：姜家三奶奶，三爺妻

公　親：參加婚禮、主持分家的親戚們

曹春熹：曹大年之子

絹　兒：曹七巧家的丫環，後為長白姨太太。

袁芝壽：長白之妻

袁　母：袁芝壽之母

童世舫：長安的男友

第一幕

〔曹七巧的夢境〕

〔舞台布景擺設簡單，一般家庭似的，七巧邊打掃邊唱小曲〕

曹七巧：〔唱〕

正月裡梅花粉又白，
大姑娘房裡繡鴛鴦。
二月裡迎春花兒頭上戴，
花香勾動了採花郎。
三月裡桃紅映粉腮，
情哥哥他誇我比那鮮花香。
四月裡薔薇倚牆開，
夜半明月照呀照上床。
五月裡石榴——

〔兒子長白、女兒長安圍著小劉上〕

兒　女：娘，爹回來了。

曹七巧：回來啦？

小　劉：欸。今兒個藥鋪裡可真忙。

曹七巧：想是這幾日天轉涼了，病著的人多了。我給你沏杯茶。

小　劉：別忙，先坐著。坐著嘛。讓妳看樣東西。

〔突然長安扯了長白的辮子〕

長　白：妳做什麼！

長　安：〔躲到七巧身後〕娘，哥兇我。

曹七巧：欸，不懂事，就一個妹妹還欺負她。

長　白：是她扯我辮子。

曹七巧：妳這女娃兒可真調皮。知道哥哥討厭人家扯他辮子，還老扯。綠豆湯沒妳的份兒了。

長　安：哥～

長　白：〔替長安辯說〕扯個幾下也沒什麼……

小　劉：好了好了，娘是說笑呢。〔長安長白看看七巧，七巧微笑點點頭〕外頭玩去。乖。〔長安長白下。小劉取出玫瑰香粉〕喜歡麼？

曹七巧：〔打開，聞〕是玫瑰香粉。你花這錢做什麼呢？

小　劉：別擔心，花不了多少錢的，七巧。

曹七巧：〔一驚〕你喚我什麼？

小　劉：妳的名字啊。

曹七巧：我的名字？

小　劉：〔站起來走到七巧面前〕是呀，妳的名字「七巧」呀。

曹七巧：〔神色惶惶〕七巧？我是七巧？我是……曹七巧……

〔曹七巧發現自己是誰後，燈光微暗，呈現夢境氛圍〕

〔小劉下〕

◎舞台空間分為A區〔起居廳〕、B區〔七巧房間〕、C區〔佛堂〕。

B區〔七巧房間〕

曹七巧：〔唱，散板起、低頭、人在朦朧中〕

如夢似幻、心朦朧，

分不清、昨夜星辰、今夜風。

影影綽綽……〔抬頭、漸清醒〕人走動——

龍　旺：〔躬身輕聲低喚〕二奶奶、二奶奶。二奶奶怎麼在椅子上打起盹兒來了。

曹七巧：你……〔一時之間認不出〕

龍　旺：我是龍旺啊。

曹七巧：〔唱。摸摸臉頰、剛醒來發覺臉上冷冰冰的〕

沒來由、一滴清淚、冷如冰。

〔白〕這年頭下人都沒規矩了麼？再怎麼說好歹我也是個二奶奶，這房內由得你來去麼？

龍　旺：是、是。二奶奶房門沒關，是二爺讓我來取佛珠。

曹七巧：吃什麼齋念什麼佛啊。活著鎮日的造孽死後還想上西天不成？你床頭找找去。

〔沉默片刻〕慢著，這床我還睡呢。

C區〔佛堂〕

〔曹七巧到床頭取過佛珠交給龍旺，龍旺下〕

〔曹大年夫妻來姜家拜訪〕

〔丫環小雙抱著女嬰長安，引曹七巧的嫂子上〕

〔龍福、龍旺抬著坐在椅子上的二爺背對觀眾，後引曹大年上〕

B區〔七巧房間〕

小　雙：二奶奶，舅太太來了。

C區〔佛堂〕

龍　旺：二爺，舅老爺來了。

曹大年：恭喜二爺，生了個女兒，這兒女上的福您可是齊了，福氣，真是好福氣。

B區〔七巧房間〕

曹七巧：〔漫不經心從小雙手上抱過孩子〕嫂子來啦。

嫂　子：女娃兒取名了麼？

曹七巧：〔看著孩子〕長安，姜長安。〔對小雙〕長白呢？

小　雙：在外頭玩著呢。

曹七巧：去看著他些，天氣變了別叫他著涼。

小　雙：是。

曹七巧：哥呢？該是沒臉來見我了吧。

嫂　子：你哥在樓下跟二爺說話呢。

曹七巧：天殺的骨癆，妳瞧見他那樣子了麼？還有臉來見我？

嫂　子：姑娘輕點聲。嫂子對不起妳，由得妳萬般說，可妳哥聽見了，免不了又惱羞成怒。好容易來這麼一趟，鬧得不愉快，回去後姑娘想起又傷心。

曹七巧：他惱羞成怒、也不過拍拍屁股走人，我呢？除了往閻王爺那兒，我能往哪裡去？

C區〔佛堂〕

曹大年：多謝二爺疼愛我們七巧，我這就上樓看看她。

〔曹大年鞠躬數次走後，龍旺會拿出木魚等念佛工具，讓二爺念經〕

〔叮叮聲不時夾雜在適當的對話中〕

B區〔七巧房間〕

嫂　子：房門沒關、外頭下人走動著呢……姑娘受的委屈，嫂子知道……妳對曹家的好，我們也都記在心底。

曹七巧：看看我過的是什麼樣的日子？當初、只恨當初你們騙了我，做兄嫂的心腸竟比媒人的嘴還缺德。

〔小雙引曹大年來到七巧房中，曹大年在門外都聽見了〕

小　雙：二奶奶，舅老爺來了。

曹大年：缺德？妳也不看看這吃的、穿的、住的，以往比得了麼？若不是有我這缺德的哥哥，妳有這福氣麼？

曹七巧：錢還沒到我手裡，我就先給這福氣悶死了。

曹大年：悶死也是妳自個兒求來的！

嫂　子：大年你就少說兩句。

曹大年：她怎麼不少說兩句？還當我樂意大老遠的來給她糟蹋？

曹七巧：我就樂意給那軟骨病的瞎子糟蹋麼？當初還騙我……騙我相貌斯文，只是眼睛有些兒不方便——

曹大年：話是媒婆說的，可不是我曹大年說的。滿街小夥子都想娶妳，妳怎麼就自個兒揀了個「眼睛有些兒不方便」的姜家二少爺？對門中藥鋪的小劉不也託人來提親？我見妳是喜歡他，只要妳點頭，我們苦些又何妨。喏，這姜家的花轎也是妳姑娘一步一步踏上去的，我押著妳上麼？貪圖錢財的，難道就只我一人麼？

〔嫂子著急的掩門〕

嫂　子：好了好了，自家妹子為咱們受的苦，你沒見著麼？在家的時候老叨念著，到了這兒怎就不能讓她吐吐苦水、罵上幾句？整座宅院，姑娘能說真心話的人，還不就我們這兩個偶爾來看看她的哥哥嫂嫂？

曹七巧：嫂子……

〔窗外傳來的馬嘶聲打斷了曹七巧的話，七巧在聽著〕

龍　福：〔對著後台〕三少爺回來了，快給三少爺牽馬。〔下〕

嫂　子：七巧……〔握住七巧的手，喚回七巧注意力〕原諒嫂子吧。〔曹七巧不說話〕大年，你也說幾句話吧。

曹大年：〔看到七巧的神情，態度軟化〕七巧，妳受委屈了。

〔曹七巧低頭不語，輕輕推開嫂子的手，走到櫃子邊，從櫃子中取出幾樣首飾、布匹〕

曹七巧：這些個東西，帶回去給春熹姪兒。

嫂　子：這麼貴重……

曹七巧：收下吧。沒能多給，給多了人家會說話。拿我這身子換來的，也就只有這些了。

曹大年：〔又被曹七巧激怒〕說得好似我們逼妳賣身——

嫂　子：你有完沒完？

曹七巧：可不是麼？

曹大年：若真圖這幾個錢，早將妳賣給二少爺當姨太太，省了嫁妝還多拿些銀子。

曹七巧：你算盤打得可精，不圖那幾個姨太太賣身錢，可圖的是細水長流，將來家產還不都到我手裡？到我手裡，你不也想著分杯羹？

曹大年：要擺奶奶架子，也等家產到妳手裡再擺。〔嫂子拉拉曹大年，曹大年沉一沉氣〕七巧，勸妳一句，別跟我們嘔氣，將來妳能靠的也就是我們娘家這些人。

曹七巧：靠你？誰知道會不會讓你吃了？我臥針床上刀山搏來的家產，你倒是撿現成的。

曹大年：咱們回去了。懶得跟她再說。

嫂　子：你鬧什麼脾氣……

曹七巧：走啊、都走啊，要走你們都走啊。我不想再見著你們，往後也別來了。

曹大年：不來就不來，妳別求我們來。

曹七巧：我沒錢的時候不求你們來，有了錢更不求。

嫂　子：姑娘……

曹大年：走了！

曹七巧：走啊，都走得遠遠的，別再來煩我了。

〔曹大年、嫂子下〕

〔窗外又傳來聲音，七巧貼到窗邊看〕

龍　福：〔對著後台〕三爺，您剛回來又要出去啊。天就要晚了，老太太叨念著幾天沒見著您呢。

三　爺：〔幕後〕少囉唆，備車。

〔龍福下〕

曹七巧：〔嘆了口氣，低聲輕喚〕三爺……季澤……

A區〔起居廳〕

〔起居廳擺張桌子，可供打麻將、剝核桃〕

〔大奶奶、榴喜、小雙、雲妹妹上〕

大奶奶：小雙，昨晚是誰來了？二爺房裡鬧嚷嚷的？

小　雙：回大奶奶，是二奶奶那兒的舅老爺來了。

雲妹妹：拎著幾包出去的。都說女兒賊，咱這兒倒出了個媳婦賊。

大奶奶：〔笑〕妳這丫頭。

〔曹七巧上〕

曹七巧：大夥都齊啦。今兒想必我又晚了！都給老太太請過安了吧？誰給說句公道話呀，我可是摸著黑梳的頭！誰教我的窗戶沖著後院子呢？單單就派了那麼間房給我，橫豎我們那位眼看是活不長的，我們淨等著做孤兒寡婦了——不欺負我們，欺負誰？

大奶奶：〔諷刺七巧抽鴉片〕誰曉得你摸著黑是梳頭、還是什麼？

曹七巧：不是梳頭、還能是什麼？〔走近大奶奶〕喲，大奶奶，瞧妳，才梳好的頭，怎麼又亂了？原來大爺今兒個在家，沒出門呀？

大奶奶：妳胡說個什麼？雲妹妹在呢。當心老太太聽見了。

曹七巧：我知道妳們一個個都是清門淨戶的小姐，妳倒跟我換一換試試，只怕妳一晚上也過不慣。

大奶奶：〔避開七巧自言自語似的〕滿口胡說八道。

曹七巧：〔拉著雲妹妹的頭髮〕妳哥呢？

大奶奶：二爺除了在床上，還能上哪兒？

曹七巧：〔不理會大奶奶〕雲妹妹，妳哥呢？

雲妹妹：〔撥開七巧的手〕我哪裡知道，我是他妹妹，又不是他媳婦兒。

大奶奶：三爺要是在，咱四個湊上一桌。

曹七巧：想是又出去玩了。爺們自在多了，想怎麼著就怎麼著。

〔大爺上〕

大　爺：往後他可沒那麼自在了。老太太說了總是這麼玩也不是辦法，要給他娶親，定定性。

大奶奶：喲，湊出一桌了。〔轉身準備上麻將桌〕

雲妹妹：這不成了三娘教子？

大奶奶：誰說的，咱大爺是一夫當關。

曹七巧：〔喃喃自語〕季澤要娶親了……〔問大爺〕姑娘家都找好了麼？

大　爺：〔不大搭理七巧，整整袖口、不看著她說〕找了兩三家，相貌、家世相差無多，就等老太太看過，滿意了再讓三弟挑。又是幾天沒回來了？

大奶奶：聽龍福說回來過，又出去。沒給咱們碰著。

〔曹七巧欲出〕

大奶奶：二奶奶。不是說好了麼？還上哪兒？

雲妹妹：二嫂怕輸錢，想逃。

曹七巧：我是心疼榴喜小雙呀，雲妹妹贏了倒好，輸了哎喲、這些個丫環可就倒楣了。

大奶奶：〔笑〕她們要妳多事？沒銀子去跟二爺要呀，二爺開銷小、又疼妳，不會捨不得一點銀子的。

曹七巧：提起這事，得跟大哥商量商量。二爺您是看見的，除了念佛沒什麼消遣，可他終歸是您一母同胞的兄弟，每個月的份例銀子不好只與我們女眷同份。

大　爺：照妳怎麼說？

曹七巧：少說也與爺們一樣。

大　爺：妳去對老太太說。老太太同意了，我這兒自然給妳。

曹七巧：老太太都說了，家裡的日常開支讓大哥打理。

大　爺：份例銀子我可不敢擅自作主。妳問了老太太去吧。

〔七巧離開起居廳〕

大奶奶：真跟老太太說去啦？

大　爺：我量她沒那個膽。

C區〔佛堂〕

曹七巧：有銀子沒有？

二　爺：妳自個兒那份呢？

曹七巧：輸了。

二　爺：好要錢也不掂量掂量自個兒的底。

曹七巧：你給不給？〔二爺拉住七巧的手，七巧甩開〕放開。

二　爺：我憑什麼給妳銀子？〔又拉住七巧的手，捏著手臂往上捏到肩頭，七巧咬著牙任他捏著，二爺確定七巧沒甩開他〕龍旺。

龍　旺：二爺。

二　爺：取些銀子給二奶奶。

龍　旺：是。

A區〔起居廳〕

〔麻將桌擺好，眾人上桌〕

眾　人：〔唱〕

東西南北條筒萬，
槓上開花好機緣。
清一色、能幾回，
四喜三元、難上難。

盱衡全局心盤算，
決勝千里一瞬間。

〔三爺上〕

三　爺：〔唱〕

笑你們、枉費心思空盤算，
方城之內全憑機緣。
運勢順、自摸一張遂人願，
一條蒼龍、直上青天。
手氣背、盼不到「東風」送春暖，
枉聽得炮竹一聲、空羨他人過新年。
〔穿插牌桌上喊「放炮」〕
且看我、逍遙自在閒過遣，
快意瀟灑在人間。

〔三爺走進起居廳，站在牌桌四周看牌〕

三　爺：二嫂牌不錯嘛。

大　爺：野到哪兒去了？又是天亮才回來。給老太太請過安沒有？你是怎麼著，該你二哥玩的份，他玩不得你替他玩了是吧？

三　爺：〔不語〕有核桃呀？〔抓一顆吃〕

〔大爺離開牌桌，眾人暫停打牌〕

大　爺：拿來。

三　爺：什麼呀？

大　爺：帳房裡支的銀子。若不是為了幾個錢，這個家你是一刻也待不住。

三　爺：我用的是我份上的銀子，大哥未免管得太多。

大　爺：單就這個月你花了多少？心裡有個數沒有？三弟，錢不能這樣花。

三　爺：〔笑〕花錢還要大哥教我？〔又抓一顆吃〕

大　爺：你……

〔榴喜上〕

榴　喜：大爺，老太太找您。

大　爺：敗家子、敗家子。〔下〕

三　爺：這核桃挺香的。

大奶奶：這是雲妹妹的孝心，老太太昨兒說想吃糖核桃，不叫下人做，嫌手髒。

〔三爺又抓了一把〕

曹七巧：手下留情，人家剝了一上午，儘孝敬你了。

三　爺：吃幾個核桃，二嫂就捨不得啦。

曹七巧：〔雙手搭在雲妹妹肩膀上〕我是捨不得你妹妹。你想吃，二嫂給你剝吧。

雲妹妹：〔撥開曹七巧的手〕二嫂剝給二哥吃就行了。

大奶奶：二奶奶嫁過來多少年了，雲妹妹不喜歡人家碰她嘛。

曹七巧：〔帶著陰沉的笑〕將來出閣了，碰不碰可就由不得雲妹妹了。

大奶奶：當著爺的面，說這話。

曹七巧：有什麼怕人聽的。

三　爺：我替大哥玩幾把。〔繼續打牌〕

大奶奶：〔唱〕一個是牌出如風多果斷，

雲妹妹：〔唱〕一個是深思熟慮細算盤。

曹七巧：〔唱〕他那裡虛晃一招鬥心眼，

三　爺：〔唱〕我這裡以退為進迂迴盤旋。

〔三爺又用手去盆裡抓核桃〕

〔七巧打了三爺的手背〕

曹七巧：摸了牌還抓這？

三　爺：要不二嫂抓一把，往我嘴裡扔。

曹七巧：〔羞〕我手就不髒麼？沒個正經的你。跟二嫂開這樣的玩笑？

雲妹妹：是要吃核桃還是要玩牌呀？

眾　人：〔唱，洗牌〕嘩拉拉、嘩拉拉搓磨盤旋、海底攪波瀾，

曹七巧：〔唱〕

桌面之下也起波瀾、我心怦然。

偷眼看、他手揮目送、任流轉，

誰知他、鞋尖兒悄悄將我的金蓮勾纏。

他談笑如常、人面前，

我細嚼滋味、心自甜。

猜不透、揣不破、個中情原——

大奶奶：〔手指敲一敲桌子〕該妳啦。恍神啦。

曹七巧：〔唱〕放大了膽兒緊跟纏。

大奶奶：〔唱〕

斜睨偷覷終何用，

一方圍城門禁嚴。

雲妹妹：〔唱〕

各人心事各自知，

各人命運各憑指尖。

曹七巧：〔唱〕

伸出了「奶油桂花腕」，

扯不出一張張順風帆。

眾　人：〔唱〕

搬風移位手氣轉，〔四人換位子〕

換莊作主運勢翻。

牌局如戲多變幻，

攻防探測也枉然。

福至心靈誰不盼，

天人妙機玄又玄。

三　爺：〔輸了仍一派輕鬆，站起來〕妹子，今兒妳這刀可真利。

雲妹妹：磨了一夜就等著這麼一天。

三　爺：「上訴」。（打牌術語）

雲妹妹：怕你啊。

〔七巧轉身離開〕

雲妹妹：二嫂不玩啦？

曹七巧：該伺候二爺吃藥了。

雲妹妹：二哥吃完藥，二嫂再下來玩嘛。難得三哥在家。

曹七巧：安姐兒還要哄呢。

雲妹妹：好嘛，就讓妳先賒著，成不成？

曹七巧：〔酸〕哼，我們鄉下人老實，沒那壞習慣。各位大小姐的牌局，我玩不起。慢慢玩吧。

雲妹妹：〔瞪一眼七巧〕真掃興。〔下〕

〔七巧離開，三爺跟著出去〕

C區〔佛堂〕

三　爺：二嫂。

曹七巧：〔酸〕又要出去逍遙啦？

三　爺：二嫂想我留在家裡？

曹七巧：……〔軟化〕你說話總沒句真。

三　爺：二嫂想聽真話麼？

曹七巧：別老上那種地方，留在家裡不好麼？季澤——

三　爺：七巧。

曹七巧：別瞎胡鬧。

三　爺：怎麼，就妳喊得我名字，我喊不得妳麼？我偏要喊。七巧、七巧。

〔曹七巧別過身去，三爺又跟了過去的喊〕

〔曹七巧猛的轉身，與三爺凝望，手忍不住的搭上了三爺的臂膀〕

曹七巧：季澤……

A區〔起居廳〕

〔大爺上〕

大　爺：這渾小子又上哪兒了？

大奶奶：才出去的。我找找去。

C區〔佛堂〕

三　爺：〔摸著七巧的耳墜子〕這鳳紋耳墜子七巧戴起來真好看。

大奶奶：三弟在這兒啊。

三　爺：大嫂妳瞧，二嫂這耳墜子的工多巧。

大奶奶：三弟好興致，女人家的玩意兒也瞧得清清楚楚。你大哥找你。

三　爺：〔輕聲對七巧〕這個家就是人太多，連好好說句話都不成。

〔大奶奶、三爺、七巧一同入起居廳〕

A區〔起居廳〕

大　爺：把姑娘的八字帖拿給他。

大奶奶：恭喜三弟，老太太給你娶親呢。三個姑娘一樣好，挑個中意的吧。

三　爺：〔把八字帖放在桌上〕一樣好，那大嫂挑吧。

大奶奶：〔微笑〕胡來。

三　爺：二嫂挑吧。

曹七巧：這一個，如何？〔七巧看著三爺，隨手揀了張八字帖〕

大　爺：連終身大事你也胡鬧？

三　爺：誰說我胡鬧？我就要這一個，二嫂揀的一定是好的。

大　爺：姜季澤！

大奶奶：好了好了，別跟三弟嘔氣，就這一個，回了老太太吧。

〔大爺下〕

大奶奶：妳也真是的，三弟胡來，做嫂子的也跟著他起鬨。〔下〕

三　爺：把大哥、大嫂氣走了。

曹七巧：氣走的好。這麼大個家，想清靜清靜都不容易。說什麼話、做什麼事老有那麼個人聽著、看著。非得壓著聲音說，可都壓著聲音說了，還能有話讓人聽了去。

三　爺：二嫂想清靜，那我可打擾了。

曹七巧：不打擾——平日清靜得煩了，你二哥話不多，悶在房裡一整日，除了要茶要水沒個聲響。也虧得沒聲響，他說話的聲音就那麼兩種，不是像僵屍開口，就是沒來由的發火。

三　爺：〔沉默片刻〕別這樣說他。多少也顧忌著我是他兄弟。

曹七巧：多少顧忌著你是他兄弟……我顧忌的還不夠多麼？這個家有誰顧忌過我的感受？

〔停頓、哽咽〕有誰可憐過我？

三　爺：……我讓小雙給妳倒杯茶。緩緩氣。

〔三爺看一看她，轉身走了〕

〔曹七巧才要對三爺說些真心話、訴訴苦，便發現三爺走了，隨手折了一朵花，見不得花好似的，一片片的扯下花瓣〕

第二幕

◎第二幕婚禮為非寫實的虛實交錯，舞台空間分為A區〔七巧房間〕，B區〔三爺房間〕。

〔花轎喜樂聲。下人們布置家裡，準備三爺的婚禮〕

〔大爺、大奶奶、雲妹妹、龍旺背二爺上，二爺依舊背對觀眾〕

〔眾賓客上，互道恭喜〕

〔大奶奶發現七巧怎麼沒在喜宴上〕

大奶奶：二奶奶呢？

小　雙：在房裡歇著呢。身子有些不舒服。

大奶奶：三爺的婚禮連二爺都出來了，她歇息什麼。

A區〔七巧房間〕

〔保持昏暗，曹七巧上。在昏暗房中，慢步的來回走動。時而坐倚床畔，時而起身。牆壁上的鏡子，隨風晃動〕

曹七巧：〔唱，南梆子〕

出嫁日、對鏡時、淒風一陣，
鏡閃爍、影搖曳、光景繽紛。
忽而是、姜家堂、碧樓朱櫳，
簾帷動、又似藥鋪、清暗幽沉。

〔嫂子上，七巧的回憶〕

嫂　子：嫂子跟妳說件好事，姜家託人說媒來了，不做姨太太，做的是正房奶奶。

曹七巧：姜家……下午外婆來了，對門中藥鋪小劉託外婆來提親。

〔七巧又走到鏡子前〕

〔此時，三爺、三奶奶各從左右舞台分出。三奶奶蓋了頭巾的。兩人分立左右舞台側。與七巧形成等腰三角形〕

〔以下的唱段，前兩句還是對著鏡子，第三句開始，七巧取出一條紅色手絹，緩緩的將紅色手絹蓋在頭上，坐著，像個新娘，假裝她是今晚的新娘。舞台上有兩個蓋紅頭巾的新娘〕

曹七巧：〔唱〕

看朱門、與小戶、重影疊映，
波攪深潭、心紛紛。
親手兒、扶鏡框、紅巾蓋定，
鏡中人、紅暈暈、光耀一身。
我心中、原也是、清明如鏡，
半由運命、半是自身。
回首悵望來時路，

男　聲：一拜天地、二拜高堂、夫妻交拜……〔三爺夫妻拜堂〕

〔七巧自己一個人幻想跟三爺拜堂〕

〔過程中，龍旺背著二爺上〕

男　聲：送入洞房。

龍　旺：二爺當心，要進門咧。

〔燈大亮，七巧趕忙扯下紅手絹握在手裡〕

曹七巧：〔唱〕無限幽憤、怨難伸。

〔七巧愣著。然後一陣怒氣與心酸，背過身去〕

〔龍旺把二爺橫放在床上，替他蓋好棉被〕

曹七巧：〔啞著嗓子，再也不能忍受看見這景象〕出去……出去。

〔曹七巧望著床上的二爺，拿著紅手絹在他眼前揮了揮〕

〔坐在床邊。嫂子也跟著坐下，二爺就橫在她們後面，接續方才的回憶〕

嫂　子：小劉？哎喲，我的好姑娘，嫂子不逼妳，可妳得用心眼兒挑哪。妳瞧瞧〔拉她到鏡子前〕這樣一張標緻的小臉，穿上金絲銀線繡出來的衣服，多好看哪。〔拉起她的手〕皮膚白的、要是有只翡翠鐲子，準能搭得上。

曹七巧：〔對著鏡中的自己〕說了是相貌斯文麼？

嫂　子：是是是，只是眼睛有些兒不方便。妳好好想想哪，這，可是一輩子的事。〔下〕

曹七巧：一輩子的事……

〔唱〕

一生不曾富貴享，
粗茶淡飯度日長。
偶見麗人錦繡裳，
恨將補釘自掩藏。
金絲銀線作嫁裳，
珠翠美玉耳鬢旁。

二　爺：茶。〔七巧從美夢中被驚醒似的〕茶。茶來聽見沒有？

曹七巧：〔唱〕

目雖盲，總以為、斯文模樣，
卻怎生、怒火修羅、性暴狂。

〔白、哽咽逐漸轉到暴躁的口吻〕我是你下人麼？盡會使喚人。動不動就發脾氣，要茶難道不能好好說麼？〔將茶倒好遞到他手裡〕

〔眾人推著三爺，從門口經過，七巧聽見聲音貼近門邊〕

眾　人：走囉走囉，鬧洞房囉。三少爺，今兒個可別想我們簡簡單單就放過你。

二　爺：妳過來。過來。〔七巧不甘願的走過去，二爺拉住她〕

曹七巧：〔推開二爺〕幹什麼，動手動腳的。

二　爺：妳上哪兒去？

曹七巧：你哪兒都不能去，我還能上哪兒去？

二　爺：過來。

〔眾人、三爺下〕

二　爺：〔看七巧叫不來〕妳別來跟我討銀子。

B區〔三爺房間〕

〔三爺牽三奶奶上，三奶奶坐著，七巧走到三爺房間，介入兩人婚姻似的，摸著三奶奶的蓋頭、肩頭。這是七巧的幻境〕

曹七巧：希望咱們這個三奶奶溫柔賢淑，得了三爺疼愛。

三　爺：三奶奶得三爺疼愛，二奶奶呢？

曹七巧：二奶奶只求日子好過些。二奶奶跟了二爺，還指望什麼。除了教日子好過些，還能指望什麼。

〔大奶奶、雲妹妹上，一左一右對著蓋著蓋頭的三奶奶說小話，這段可以視作七巧的假想，也可以當作用虛擬手法預告的未來真實〕

雲妹妹：二奶奶原來是賣麻油的。

大奶奶：二奶奶抽這個呢。

雲妹妹：二奶奶嘴又碎又敞，牢騷滿腹、什麼不得體的話都說得出來。三奶奶當心了。

大奶奶：二爺那身子，抽點兒日子好過些。二奶奶沒病又沒痛，一個年紀輕輕的婦道人家，是有什麼了不得的心事，非得抽這個解悶？

〔三爺一開口喊曹七巧，大奶奶、雲妹妹下〕

三　爺：二嫂……別老是這樣。妳知道我的，輕得跟什麼似的，哪裡受得住這些話語？

曹七巧：我知道你。我知道。怎麼不知道呢。你能這樣偶爾陪我說說話，我便開心了，再回到房裡見著你二哥，也不那麼難受……

〔三爺抽離對話，回到原來準備揭蓋頭的動作，七巧走到三奶奶身後，手臂環繞著三奶奶的頸子〕

曹七巧：三爺……季澤……

〔唱〕

到如今、三拜天地、嫁娶定，
曹七巧、一點情絲、未斷根。

〔七巧撥弄三奶奶的衣領扣子，三爺伸手解開三奶奶的衣領扣子，而後兩人手握在一起〕

曹七巧：〔唱〕

哪怕你、一顆真心、與她相印，
也要你、留與我、半點真情。
留與我、捱長夢，
留與我、度寒風，
缺月猶能將路映，
半生只問你一點真。

〔白、耳語〕三奶奶，妳可得留住他。妳可得長長久久的留住他。

〔七巧離開三奶奶身後，三爺與三奶奶相偎，七巧看著〕

〔而後三爺離開三奶奶，準備出去，七巧叫住他〕

曹七巧：季澤。又要出去了？把新娘子一個人撇在家裡你捨得？

三　爺：外頭逛逛。大哥囉哩囉唆的，聽了煩透了。

曹七巧：大哥也是為你好，讓你別出去胡鬧。

三　爺：為我好？這一家子從大哥大嫂起，齊了心管教我，無非是怕我花了公帳上的錢罷了。

曹七巧：我保不定別人不安著這個心，我可不那麼想。你就是鬧了虧空，押了房子賣了田，我若皺一皺眉頭，也不是你二嫂了。誰叫咱們是骨肉至親呢？我不過是要你當心你的身子。

三　爺：我的身子，要二嫂操心？

曹七巧：〔臉色轉變〕一個人，身子第一要緊。你瞧你二哥弄得那樣兒，還成個人麼？還能拿他當個人看？

三　爺：二哥比不得我，他一下地就是那樣兒，並不是自己作踐的。

曹七巧：你去挨著你二哥坐坐！你去挨著你二哥坐坐！你碰過他的身子沒有？是軟的、重的，就像人的腳有時發了麻，摸上去那感覺……

三　爺：〔蹲下捏七巧的腳〕倒要瞧瞧妳的腳現在麻不麻。

〔七巧也蹲下，手搭上了三爺的臂膀，四目凝視〕

曹七巧：你沒挨著他的身子，你不知道沒病的身子是多好的……多好的……

三　爺：有人來了。

曹七巧：〔頭也不回看著三爺〕你怕什麼？且不提你在外頭怎樣荒唐，單只在這屋裡……老娘眼睛是揉不下沙子去。別說我是你嫂子了，就是我是你奶媽，只怕你也不在乎。

三　爺：我原是個隨隨便便的人，哪禁得妳挑眼兒？

曹七巧：我就不懂，我有什麼地方不如人？我有什麼地方不好？

三　爺：好嫂子，妳有什麼不好？

曹七巧：難不成我跟了個殘廢的人，就過上了殘廢的氣，沾都沾不得？

三　爺：〔唱〕

只見她、艷如綵蝶、迎秋風，

哪個男兒不動情。

一陣恍惚心不穩，〔擁七巧入懷中〕

〔白〕真有人來了。

曹七巧：我不怕，反正就這一條命，要就拿去。

三　爺：〔唱〕

她不畏流言、我反懼她三分。

野草閒花隨處有，

何苦招惹自家人。

〔白〕我不能對不住我二哥。

曹七巧：你就能對不住我？

三　爺：二嫂，小弟有什麼地方對不住您？說了出來，小弟給您賠禮。

〔七巧說不出來，三爺下〕

A區〔七巧房間〕

〔二爺已經坐在床上，敲木魚、手拿佛珠念佛〕

曹七巧：錢都讓三弟花光了，你知不知道？成天的叫我們省省省，省下來讓他去花個痛快！我就不服氣！份例銀子的事大哥明擺著坑你，可沒有老太太的意思，大哥他敢麼？沒有老太太寵著，三弟他敢麼？怎麼，就你大哥、三弟是兒子，你不是麼？〔二爺持續念佛不理她，七巧越憤怒〕你成天念佛有什麼用？菩薩顯靈了麼？怎麼你還是個癱子？

二　爺：一身病殘，原是前世果報。

曹七巧：你一身病殘是前世果報，我呢？我前世造了什麼孽？嫁給你這一身病殘？

〔二爺本想發怒，但繼續念佛〕

〔曹七巧抓起他的念佛工具，往地上摔〕

二　爺：妳做什麼？

曹七巧：菩薩不會顯靈，你瞧見了麼？你是個瞎子，你瞧不見，我告訴你，菩薩不會顯靈。

二　爺：妳……快撿起來，妳會遭天譴的。

曹七巧：哼，我倒要看看會不會遭天譴。〔拿起佛珠、用剪刀一顆顆剪破〕

二　爺：妳做什麼?!

曹七巧：〔冷笑〕你是個瞎子，不是聾子，聽不出來麼？要不要吃核桃？沒椒鹽你吃不吃？〔把剩下的半串佛珠扔在地上〕

〔以下曹七巧的唱段，二爺趴在地上撿東西，撿到差不多就燈漸暗〕

曹七巧：〔唱〕

我只道、玉枕錦被、任享用，
卻原來、滿手金銀、用不成。
我只道、春風能拂、千堆雪，
到頭來、眼前之人、不得親。
此身早是無所望，
只待他、一絲殘喘、燈滅熄明。
此身早是無所有，
唯有這、黃金枷鎖、重沉沉。

〔下面唱段中，小雙拿著一件白斗蓬、一朵白花上，幫七巧裝扮〕

女　聲：〔唱〕

日出將月強吞嚥，
月色復奪日光鮮。
日月相侵流年換，

小　雙：二奶奶。老太太與二爺的法事準備好了，親戚都到了，就等著您呢。

女　聲：〔唱〕死生老病、人世輪迴走一番。

曹七巧：〔摸頭上的白花〕十年了，只等他嚥下這口氣，竟等了十年。

〔分家的公親坐在最後面，公親每人手中拿著一本清單〕

〔大爺、三爺混在公親當中，這些分家清單的描述，由小聲漸漸大聲，隨著聲音加大，七巧神情由前面的情緒轉入仔細聆聽，可隨時中斷清單的朗讀〕

公　親：土地，直隸宣化十八畝八分，歸姜伯澤。土地，直隸正定十五畝二分，歸姜曹氏。土地，江蘇六安十六畝七分，歸姜季澤。房屋，山東青島三層樓房，歸姜伯澤。房屋，安徽池州二層樓房，歸姜曹氏。房屋，直隸天津三層樓房，歸姜季澤……

曹七巧：不能這麼分哪。天地良心，這麼個分法，連屍骨未寒的老太太都得要替我們抱不平。我們二房在房產與地產上都吃了虧，這我也認了，你們說得是，我一個婦道人家懂什麼經營、懂什麼生財之道，可老太太留下的首飾，不能這麼分哪。

公　親：依二奶奶看，該怎麼分？

曹七巧：三爺的虧空到了公帳的份上了，看在兄弟一場，大房二房也不好說什麼，去了就去了。可這首飾，若是均分三份，咱們二房可不就吃大虧了？

大　爺：妳別欺人太甚了。老太太留下的一點紀念，妳也要貪？說吃虧、咱們大房就沒吃虧麼？

曹七巧：我這是貪麼？我貪的什麼啊？二房比不得大房，我們死去的那一個病病哼哼一輩子，可有過一文半文進帳？丟下我們孤兒寡婦，就指著這兩個死錢過活。我是個沒腳蟹，長白還小，往後日子可怎麼過喲……。

〔在七巧抱怨的這段念白當中，三爺站了起來，走到七巧旁邊，等到她說完最後一句，嘩啦一聲，將手裡的首飾全扔到地上，下台〕

〔曹七巧一愣。所有公親包括大爺依次下台〕

〔曹大年上，幻境〕

曹大年：好妹子，妳別惱，聽哥勸妳一句。哥瞧過了，他那樣子能有個幾年好活？哥知道妳委屈，可再委屈也不過三、五年，等著他兩腿一伸，三、五年換上三、五十年的好日子，怎麼算都划算。〔下〕

〔曹七巧緩緩蹲下來，邊講以下這些話邊撿首飾〕

曹七巧：再委屈不過三、五年……哥，你知道麼？打進姜家門到如今，有多少年了。多少年的恨、多少年的怒，到今朝也只能有這樣的償還〔撿完首飾，站起來，看著手

裡的首飾、停頓片刻〕老卻了如花美眷，又該怎麼算呢。〔下〕

公　親：紫檀嵌八寶八扇折屏一只，歸姜伯澤。剔紅雲龍紋八扇屏風一只，歸姜曹氏。黃花梨壽字龍紋十二扇圍屏一只，歸姜季澤。紫檀木髹漆彩多寶格一對，歸姜伯澤。紅木掐絲琺瑯多寶格櫃一對。歸姜曹氏。黑漆描金書櫃式多寶格一對，歸姜季澤。剔紅海水龍紋香几一對。歸姜季澤，紅木束腰扶手椅一對，歸姜伯澤。蘇作櫸木玫瑰椅一對，歸姜伯澤。櫸木攢海棠花圍撥步床一張，歸姜伯澤。鐵力木雕花架子床一張，歸姜曹氏。蘇作櫸木架子床一張，歸姜季澤。花梨鑲大理石雕花羅漢床一張，歸姜曹氏……

第三幕

◎場景：分家後客廳。

〔七巧與三爺坐在台上，兩人喝著茶，不說話〕

三　爺：〔喝了一口茶〕從半年前分家就沒見過二嫂了。

曹七巧：你來幹嘛呀？

〔三爺苦笑，放下茶杯〕

三　爺：二嫂……還為著分家那天的事惱我麼？

曹七巧：不敢。是您三爺大人大量不跟我們孤兒寡母計較。

三　爺：妳惱著我呢……妳惱著我……因為妳還想著我。

曹七巧：扯淡。

三　爺：是真是假，妳自個兒知道。

曹七巧：你到底來做什麼？

三　爺：往常家裡人多，要好好說句話都不成，分了家，清靜多了。這鳳紋耳墜子七巧戴起來真好看。

曹七巧：〔唱〕

前塵舊事迴心繞，

過往雲煙何曾消。

還道情字已看薄，

眼前之人亂心潮。

三　爺：妳知道我為什麼跟家裡的那個不好，為什麼我拚命的在外頭玩，把產業都敗光了？妳知道這都是為了誰？

曹七巧：我不信。

三　爺：我知道妳不會信。〔沉默片刻〕也罷。這麼些日子，妳沒忘了我，我也不求什麼了。妳保重。〔三爺欲走〕

曹七巧：〔唱〕

真情假戲、怎分曉？

千迴百轉、百轉千迴、只恨情鎖難逃！

〔白〕季澤……〔音樂驟停。走到舞台邊的三爺，停下來。七巧看到三爺停下來，沉靜了一會兒〕你又來逗我。這麼些年了，我好容易將你看淡了，你又來……

三　爺：我若是逗著妳，就叫菩薩罰我。

曹七巧：人都老了，花一般的年歲都過去了，你還來提這些做什麼？

三　爺：我不也老了？家裡人多眼雜，讓人知道了，我是個男子漢，還不打緊，妳可了不得。我不得平白的坑壞了妳。都是命裡安排下的，非得走到這一步才有我們的日子……

曹七巧：〔唱〕

燈前月下細觀瞧，

流年歲華、也印在他眉梢。

他也是、人已老，

人已老、十年了。

歲華悠悠人已老，
依舊是、那瀟瀟灑灑、透著些兒不耐煩的、姜家三少。
憊賴滑頭又波俏，
七分不羈三分刁。
十年了、閃躲避藏難知曉，
真情細剖在今宵。
真情告、人已老，
人已老、花已凋。
紅顏已老花已凋，
悲也無淚、喜也帶嘲。
燈前對坐如夢杳，
茶香回甘細品嚼。
細品嚼、茶也冽冽，
相對坐、夢也迢迢。

三　爺：〔唱〕
燈影搖搖，
花影飄飄。
雲也悄悄，

風也蕭蕭。
十年歲月在今宵，
今宵相對如夢杳。
路也迢迢，
夢也迢迢。

〔小雙上〕

小　雙：奶奶，〔三爺聽見小雙的聲音，推開七巧〕跟著三爺來的兩個人，鬧著說三爺再不出來，他們可就不等了。

曹七巧：〔看著三爺，沉默而後再說〕什麼人？〔三爺不語〕跟著你來的是什麼人？〔三爺不語，七巧噙著眼淚，心涼〕大哥早說了，若不是為了幾個錢，這個家你是一刻也待不住。若不是給要債的逼著……〔七巧吸一口氣〕你哄我——你拿那樣的話來哄我——〔眼淚還沒流下來，情緒逐漸轉變成暴怒〕你拿我當傻子——

小　雙：奶奶，別這樣、別這樣。

曹七巧：放開我！讓我打死他！

三　爺：等白哥兒從學堂回來，叫他替他母親請個大夫來看看。

小　雙：是。

曹七巧：〔打小雙〕妳還答應他！妳還答應他！滾，都給我滾！

〔小雙、龍旺、絹兒倉皇逃下，七巧扶著椅子、背對一段時間，而後轉過身來，像是想起什麼似的，飛奔上樓推窗看〕

曹七巧：〔唱〕

飛奔樓頭、再看一眼姜家三少，
清風習習襟裾飄、襟裾飄。
一顆真心、盼不到，
一點真情、早已拋。
一絲絲真意、竟也如夢杳，
一生一世、誰與我、真情換、兩心交？
紅顏始為金銀誤，
金銀紅顏終伴老。

〔長白上〕

長　白：娘。娘。

曹七巧：〔回神〕白哥兒，你不會騙娘吧。

長　白：騙娘什麼呢？娘方才跟三叔嘔氣啦。

曹七巧：白哥兒，娘的白哥兒，你答應娘，這輩子絕不騙娘。

長　白：長白絕不騙娘親。

曹七巧：娘只有你了。娘這輩子只有你一個男人了。娘的錢往後都是你的，你可得緊緊的守著，替娘防著，別讓他們姜家騙走，這些錢，白哥兒，你是知道的，是娘半輩子的賣身錢，你可得守緊了。

長　白：娘放心。

曹七巧：安姐兒呢？

長　白：在外頭玩呢。

曹七巧：她一個人麼？

長　白：還有春熹表哥與我學堂裡的學友潘豫臨，娘見過的。

曹七巧：潘豫臨？他怎麼三天兩頭往咱們家裡跑？

長　白：我與他是朋友啊。我不也常往他家裡去？

曹七巧：你往他家裡去？他家裡有妹妹麼？

長　白：豫臨家只有兄弟，他還誇長安可愛，想有這麼個妹妹呢。

曹七巧：你快把長安給我叫進來！

長　白：怎麼啦？

曹七巧：你快把長安給我叫進來！還有，以後不許那個潘豫臨，也不許你其他的朋友上咱們家。

長　白：這是為何？

曹七巧：拿不準會為了咱們這份家產拐了長安。我絕不允許拿我半輩子換來的錢輕易給人騙了。你快、快把長安給我叫進來。

長　白：好好，娘您坐著歇息，我去、我去。

〔長安、春熹一前一後上。一邊回頭看被趕走的潘豫臨，兩個人不知發生了什麼事〕

〔春熹突然拉住長安〕

曹春熹：安姐兒，等等。臉上沾了泥巴了。〔幫長安把泥巴弄乾淨〕

〔七巧看了大怒，站起來對曹春熹破口大罵，並且把長安拉到自己身後，長安還因此跌倒〕

曹七巧：你放手！我把你這狼心狗肺的東西。我三茶六飯款待你這狼心狗肺的東西，什麼地方虧待了你，你欺負我女兒？你那狼心狗肺，你道我揣摩不出麼？你別以為你教壞了我女兒，我就不能不捏著鼻子把她許配給你，你好霸占我們的家產。我看你這混蛋，也還想不出這等主意來，敢情是你爹娘把著手兒教的？我把那兩個狼心狗肺忘恩負義的老渾蛋！齊了心想我的錢，一計不成，又生一計。

曹春熹：〔大怒〕我——

曹七巧：你還有臉頂撞我！還不給我快滾，別等我亂棒打出去！

〔曹春熹下〕

曹七巧：〔手指戳長安頭〕瞧妳那副傻樣，怪不得人家想騙妳。放精明些，男人有幾個是真心的？都是要妳的錢。聽見沒有？

長　安：聽見了……〔停頓片刻〕娘，那春熹表哥往後還能來咱們家麼？

曹七巧：氣死我了，妳長點心眼兒吧。

長　白：長安還小，哪懂得這些，過些年就明白了。

曹七巧：就怕她傻到底。

長　白：娘放心，長安是娘生的女兒，娘不傻，長安會傻麼？

〔沉默，七巧聽見這句話，心中一警，她差點被三爺騙〕

曹七巧：安姐兒，娘是為妳好，妳還不懂外頭的人有多壞，娘想照顧妳，可娘不能像小時候那樣成天地跟在妳身後。妳又是一雙大腳，哪兒不能去？依妳的年歲裹腳是嫌晚了些，馬上給妳裹起來，倒也來得及。

長　安：我不要。

曹七巧：由不得妳。

長　安：哥……

長　白：外頭不時興這個了。就別叫長安白吃苦。

小　雙：是啊，奶奶，如今小腳不時興了，只怕將來給姐兒定親的時候麻煩。

曹七巧：沒的扯淡！我不愁我的女兒沒人要，真沒人要，養活她一輩子，我也還養得起。
小雙、白哥兒，押著她。

〔唱〕

九尺素帛掌中轉，

手握足尖緊緊纏。

提氣屏息使勁扳，

長　安：〔唱〕魂魄飛出離恨天。

〔白〕娘！

小　雙：〔白〕奶奶，放了安姐兒吧。

曹七巧：〔唱〕

一聲娘親娘心軟，

頭暈目眩十指癱。

手中素帛暫鬆緩，
摟兒在胸前、聽娘幾句肺腑言。
兒不知、世道多艱險，
兒不知、人心多狠貪。
為娘我一生無所有，
只能夠、緊守我兒、免受欺瞞。
張開翅羽、將兒攬，
要教兒、寸步不離娘身邊。
九尺素帛再緊轉——

〔長安欲推開七巧站起來逃走，卻不小心扯下七巧的耳環〕

曹七巧：〔唱〕
鮮血淋漓滿手沾。
鑽心痛楚、五內翻轉，

小　雙：奶奶的耳墜子給安姐兒扯下來了。奶奶，別纏了。

曹七巧：〔唱〕
鳳紋耳墜、將血肉牽。

一霎時、他溫存謊言、起自耳畔，
我一身恨骨、恨連天。
豈能教、小嬌兒、任人瞞騙——

長　安：〔唱〕
怒火修羅在眼前！
問天、我將何錯犯？
如此遭際、何以堪？
問天、我將何錯犯？
親娘要我一生殘？
鑽心痛、激起我、滿腔恨怨——

曹七巧：〔唱〕
怒火修羅在眼前！
一見兒雙眼、我渾身顫，
好似他父魂歸還。
咬緊牙關再緊轉，
要叫妳、足似弓月、步步難。

〔長白倒退兩三步準備溜走〕

曹七巧：白哥兒，你上哪兒去？

長　白：〔逃避似的〕我、我上戲園子聽戲去。

〔中場休息〕

第四幕

◎舞台空間主要是〔客廳〕，分出〔芝壽房間〕。

〔小雙替坐著的長安放腳〕

小　雙：〔充滿同情、難過的口吻〕誰見過姑娘都十來歲了還給綁腳的？〔鼻頭一酸〕綁了妳兩年，見妳不大出門了才肯放。放歸放了，可這腳……沒能像從前那樣了。

〔長安表情木然、沉默〕

〔曹七巧怒氣沖沖、龍旺上〕

曹七巧：小雙，龍旺說這幾日白哥兒夜裡都讓三爺用黃包車載出去，有這事兒沒有？

小　雙：這……〔點點頭〕

曹七巧：妳早知道了。好哇，妳早知道了還幫著他瞞我。

小　雙：不是的，奶奶，我是怕您操心——

曹七巧：呸，我看妳是怕將來白哥兒當家趕了妳出去，再敢瞞我，不等他當家，我現下就趕妳出去。這人太可恨了，帶著我的白哥兒逛窯子，怪不得連學堂都不去了，養個兒子又不是十不全，偏偏就不給我爭口氣……長安，妳想不想讀書、上學堂？

長　安：〔漠然的〕娘讓我去我就去。

曹七巧：那好。姜家各房的女孩兒都上女學堂去了，妳得給娘爭氣，好好讀給人家瞧。白哥兒還年輕，別讓他玩上癮了……給他娶親，對，給他娶房媳婦兒，別讓他到外頭去野。

小　雙：這法子有用麼？

曹七巧：有了媳婦兒他還上窯子做什麼？

小　雙：三爺姨太太都娶了幾個了，還不是……

曹七巧：呸呸呸，別咒我白哥兒。〔片刻停頓〕若是姑娘留不住他，我還能有留他的。

〔眾人下〕

〔奏起婚、喪雜混的音樂，長白與袁芝壽穿禮服左右分上，拜堂之時的背景唱段是以下四平調。「一拜天地」「二拜高堂」「夫妻交拜」「送入洞房」四句話夾在這段唱當中。七巧不是端坐著接受禮拜，而是抽煙姿態，彷若沒有這場婚禮在眼前〕

曹七巧：〔唱、四平調〕

淡粉煙藍霧濛濛，
迷離蒸騰氣氤氳。
霧濛濛、氣氤氳，
氣氤氳、霧濛濛。
任他是七彩斑斕、光影繽紛，
一樣的茫茫迷霧、影朦朧、影朦朧。
〔插入男聲，另一聲部〕飛揚〔七巧唱〕墜沉
〔插入男聲，另一聲部〕天高〔七巧唱〕淵深
〔插入男聲，另一聲部〕風輕〔七巧唱〕水重
〔插入男聲，另一聲部〕逍遙〔七巧唱〕羈籠
飛揚　墜沉　天高　淵深
風輕　水重　逍遙　羈籠
任他是七彩斑斕、光影繽紛，

一樣的茫茫迷霧、影朦朧、影朦朧。

〔送入洞房之後，長白芝壽欲下，七巧從煙榻站起，拉住長白，將他拉至煙榻，芝壽獨下。七巧幫長白解下新郎披的紅毬，長白任其擺布〕

曹七巧：〔唱〕

昏茫中、只一點、清明炯炯，
是兒的雙眸、是兒望著娘的眼，猶如那霧裡星辰。
兒與娘、娘與兒、相依緊，
一陣一陣煙霧騰。
任他是飛揚、墜沉，
兒與娘、娘與兒、不離分。
〔七巧用手捧向星辰想摸兒子的臉卻觸到煙燈〕
卻怎生不是兒的眼？
卻原來、星辰竟然是煙燈。
任他是、兒雙眼、榻前燈，
娘一點心思、清明猶如夜霧星辰，兒要仔細聽。

〔七巧走下煙榻，走到舞台前中央，用平靜的「反四平調」回憶——其實是幻想，一段吃魚的情景。兒子依舊在抽鴉片，不需要聽到〕

〔煙榻處燈漸暗，唱段中長白下長安上。燈光詭異〕

曹七巧：〔唱、反四平調〕

有一日買得鮮魚回，
我剔骨挑刺做魚球。
只望冤家嚐一口，
我問他、你要煎、要炸、要醋溜？
可恨他虛意假應酬，
我真心一片付東流。
剩幾尾鮮魚摔底樓，
任他扎掙肚腸流。
輕移步、下樓頭、朱唇咬碎，
連皮帶骨吞下喉。
利刃刺腹腸穿透，
尖刀橫插五內鉤。
切膚之仇向誰訴求，

如此冤恨怎罷休？〔以下轉身將臉湊近長白〕

兒啊兒，娘的兒啊，

兒有娘照應你莫擔憂。

備幾尾鮮魚兒嚐幾口，

要煎、要炸、要醋溜？

〔幻境結束，七巧走回煙榻前〕

〔煙榻處燈亮，曹七巧與長安坐在羅漢床上兩側，抽鴉片。絹兒上，在旁燒煙泡〕

〔小雙上〕

小　雙：安姐兒？安姐兒？

長　安：大呼小叫的做什麼？

小　雙：外頭來了您的朋友。

長　安：朋友？哼，我有什麼朋友？

小　雙：說是您從前學堂的朋友，幾年不見您了，要嫁到外地去，出嫁前想來看看您。

長　安：不見。

小　雙：這……

長　安：杵在這兒做什麼，還不快去打發她？

〔小雙下〕

〔曹七巧閉起眼睛〕

曹七巧：絹兒，給我捏捏膀子。

〔小劉上。到曹七巧身旁捏膀子。絹兒跟長安看不見小劉〕

〔小劉是七巧的幻覺〕

曹七巧：輕點兒、輕點兒。嗯。端杯茶給我。

〔小劉拿起桌上的一杯茶，遞給曹七巧，曹七巧睜開眼睛，看到小劉〕

曹七巧：我是在哪兒見過你？

小　劉：十來年不見，妳把我忘了。〔七巧還在想，小劉走到長安旁邊〕妳的女兒，養得與妳越發相似了。

曹七巧：你是對門——〔被打斷〕

小　劉：到底想起來了。曹記香油對門中藥鋪的夥計。

曹七巧：你是小劉。他們都這樣喊你。

小　劉：妳倒是一回也沒喊過我。

曹七巧：我記著你的名字呢，這相貌……真忘了。

小　劉：我請人與你講過親的嘛。那時我見妳站在香油鋪櫃上，都是羞答答的往藥鋪裡瞧，還以為妳願意做我的媳婦兒。〔看著長安〕怎麼叫她吃起這玩意兒了。

曹七巧：前些年患上痢疾，沒給她請大夫，想著讓她抽上幾口便行，病好了，也斷不了了。〔自我說服〕也不是什麼不好的東西。

小　劉：妳喲。做母親的人喲……

〔小劉下，一下就像他沒來過。長白上〕

曹七巧：白哥兒你來替我裝兩筒。

長　白：現放著燒煙的，偏要支使我。我手上有蜜是怎麼著？

曹七巧：〔笑〕我把你這不孝的奴才。支使你，是抬舉你。〔七巧把一隻腳擱在他肩上，不住的輕輕踢著他的脖子，低聲道〕我把你這不孝的奴才。打幾時起變得這麼不孝了？

長　安：娶了媳婦忘了娘麼。

曹七巧：少胡說。我們白哥兒不是那樣的人，我也養不出那樣的兒子。〔長白笑〕你若還是我從前的白哥兒，今兒替我燒一夜的煙。

長　白：那可難不倒我。

曹七巧：盹著了，看我捶你。

長　白：安姐兒，幫妳燒燒？

長　安：不勞您白大少爺，有這丫頭就行了。

〔絹兒已經打起瞌睡〕

長　安：絹兒？絹兒？這死丫頭睡著了。〔拿煙管敲床沿，製造聲響〕

絹　兒：〔醒，嚇一跳〕小姐對不住對不住。

長　安：死丫頭還真好睡。要不要我給您燒一筒提提神哪？要是做下人都像妳這樣，做主子的還買丫頭做什麼？買個娘伺候伺候算了。

曹七巧：妳真有個娘還不伺候。

長　安：去去去，去醒醒臉，我瞧妳這付模樣就有氣。

絹　兒：是。〔下〕

〔另一區燈光亮，是芝壽穿著新娘服坐在洞房內。此刻時間未必是新婚夜，但芝壽始終穿新娘服。以下芝壽的唱段既長且慢，一邊唱一邊摘下頭上簪飾、解下新娘霞帔〕

〔以下芝壽「反二黃」唱段穿插交錯在七巧煙榻談話之間，時間緩緩流逝，不限於一夜〕

袁芝壽：〔唱〕洞房中、龍鳳燭、焰光搖顫，

長　安：欸，芝壽嫂子呢？

長　白：不知道。在房裡吧。

曹七巧：芝壽兩片嘴唇切切倒有一大碟子，聲音又粗得像是吃糠長大似的。想著真嘔氣，怎麼我上了媒人的當，咱白哥兒也中計。別看她傻頭傻腦，心思都花在什麼地方了看看，見了白哥兒，她就得去上馬桶！我說給街坊鄰居聽，都說真看不出來這樣老實的媳婦兒，暗了燈就換了個樣。

長　安：〔對長白〕真格麼？

袁芝壽：〔唱〕蠟淚紅、落案檯、啼血斑斑。

〔長白依舊含笑不語〕

曹七巧：白哥兒你說，你媳婦兒好不好？

長　白：這有什麼可說的？

曹七巧：沒有可批評的，想必是好的了？〔長白笑著不作聲〕好，也有個怎麼個好法呀。

長　白：誰說她好來著？

曹七巧： 她不好？哪一點不好？說給娘聽。

〔長白、長安、曹七巧做出說人閒話的樣子，並不時的發笑〕

袁芝壽： 〔唱〕

銷金帳、似巨獸、將我張口吞嚥，
喜字聯、似對我、冷笑連連。
埋錦被、止不住、聲聲哽咽，
抱鴛枕、擋不住、陣陣陰寒。
怕見月、又不敢、紅燈燃點，
怕她笑、她笑我、秉燭待夫、熬不住孤單。
淚如線、卻不能、絹帕拭掩，
怕只怕紅腫了雙眼、她笑我、片刻不能離夫男。

〔絹兒上〕

絹　兒： 奶奶。少奶奶好像有些不舒服，要不要請大夫來看看？

曹七巧： 不必。我看是裝的。〔盤算一會兒〕明兒就請親家母到家裡來打幾圈。

袁芝壽：〔唱〕

生不如死、何所盼，

又聽得、笑語聲、魄動腸牽。

〔煙榻燈昏暗，長白、絹兒、長安下〕

〔曹七巧下，小劉上，叫住了她〕

小　劉：七巧。〔七巧回頭〕我不想見妳傷人。

曹七巧：〔沉默片刻〕你心裡還掛記我麼？

小　劉：念著妳呢。

曹七巧：你圖的是我的錢。

小　劉：傻瓜。從前妳有錢麼？

曹七巧：我現在有。

小　劉：〔兩手一攤〕我要錢做什麼。

曹七巧：沒錢日子難受。就是想一件粗棉短花衫也得看嫂子臉色。我哪裡受得了。我有了錢，哥哥嫂嫂就得看我臉色。

小　劉：姜家人不也給妳臉色？〔七巧無言〕

〔小劉看著芝壽〕

小　劉：妳現在有錢了，就饒了她吧。白哥兒會恨妳。

曹七巧：白哥兒不會。白哥兒說了、他不喜歡她。

小　劉：不喜歡她的是妳。

曹七巧：她憑什麼？憑什麼我辛辛苦苦弄來的錢，就這樣到她手裡？她也得熬。熬得過來，往後該她的受享不盡。

〔曹七巧下，小劉也下〕

〔長安又上，準備把客廳裡的一盆花拿進去房內〕

〔小雙上〕

小　雙：安姐兒，這麼晚了還不歇著？

長　安：這花忘了拿進房裡。雙姑妳瞧，就要開花了，得顧著呢。

小　雙：養花養在家裡、燻著煙，怕花兒開得不好。拿到院子裡吧。要不，放在陽台上。

長　安：拿到外頭我能跟到外頭睡去麼？放在屋內，擱在眼前，安心些。花兒開得不好有什麼關係，能叫它開了出來才要緊。

〔長安下、小雙下〕

〔下人抬出麻將桌，布置好〕

〔芝壽仍在台上，燈光黯淡的照著她。上面這段「反二黃」唱段最好能一直貫串穿插在下面的麻將之中〕

〔小雙、絹兒引袁芝壽母親、大奶奶、三奶奶上〕

小　雙：奶奶等會兒就出來。

〔小雙下，曹七巧上〕

曹七巧：喲，親家母、大奶奶、三奶奶，久沒見著了。勞煩諸位來這麼一趟，沒辦法，您是知道的，脾癮來了能不摸他個幾圈麼?快請坐。親家母，這一向可安好?

袁　母：託您的福，過得去。親家母，芝壽這孩子要是不懂事，就勞您好好的管教她。

曹七巧：說什麼管教呀，白哥兒疼她都來不及了呢。

三奶奶：長白的終身大事辦完了，該吃長安的喜酒了吧。

曹七巧：是有幾家上門提親的，不過家境比不得咱們，誰知道是要長安還是要長安的錢？一家家都叫我打了回去。我不能讓人騙我們長安吧。這媒人婆啊，就愛撒點小謊，還不是得靠做娘的替閨女睜大眼睛?親家母，您說是不是啊。

袁　母：欸。

大奶奶：芝壽呢？怎麼沒瞧見哪？

曹七巧：跟我們白哥兒窩在房裡呢。時代不一樣囉，往常咱們做媳婦最要緊的是伺候老太太、討老太太歡心，現在討丈夫歡心就算得一切了。親家母，你們芝壽行啊，我們白哥兒說光是哼哼唉唉就不得了。

三奶奶：〔尷尬，想轉移話題〕安姐兒呢？怎麼沒瞧見哪？

曹七巧：昨晚煙抽得晚了，還在房裡睡著呢。芝壽還有個地方有趣得緊。她打噴嚏。這人麼，誰不會打噴嚏，尋常人冷的時候打噴嚏，芝壽開心的時候打噴嚏，從洞房花燭夜就哈啾哈啾哈啾夜夜打個不停——〔被打斷〕

大奶奶：二奶奶當了家，比起從前是更放膽了。

曹七巧：當個家容易麼？沒幾分膽量成麼？妳們猜，我是怎麼知道芝壽開心的時候打噴嚏？

三奶奶：安姐兒也該起來了，姑娘家白天睡覺，是什麼道理。煙抽得怕是有些多了，妳也勸勸她，對她的婚事不好。

曹七巧：怕什麼。莫說我們二房還吃得起，就是我今天賣了兩頃地給他們姐兒倆抽煙，又有誰敢放半個屁？姑娘趕明兒聘了人家，少不得有她這一份嫁妝。她吃自己的、喝自己的，姑爺就是捨不得，也只好乾望著她罷了。我每晚都聽見芝壽打噴嚏——

大奶奶：夠了夠了，妳敢說我可不敢聽，淨說些掃脾興的話。〔站起來準備走〕

曹七巧：〔按住大奶奶的手〕大奶奶別急，就陪我玩完這一局。我每晚都聽見芝壽打噴嚏，連聽了幾個晚上，就問白哥兒「我說白哥兒啊，你媳婦晚上睡覺穿衣服麼？」白哥兒說「穿哪」我又問了「蓋被麼？」白哥兒說「蓋啊」那怎麼老聽見她打噴嚏？白哥兒說了「您甭擔心，她樂的時候就那個樣兒」我說「喔，不是冷著就好，以免親家母說我們欺負媳婦，不給她蓋被子呢」妳們說，這不是有趣得緊麼！喲，您瞧，我胡了。

〔袁母站了起來，一句話也沒說的離開〕

〔大奶奶、三奶奶也站起來，準備付錢給七巧〕

曹七巧：別，今兒個都算我的。

〔大奶奶搖頭、三奶奶下。曹七巧微笑，下〕

第五幕

◎舞台空間主要是〔客廳〕，分出〔戶外〕。

〔長白在煙榻上抽煙，絹兒在旁服侍〕

〔長安坐在煙榻以外的椅子上垮著一張臉〕

長　白：絹兒，來。〔絹兒上床，到長白身旁〕讓我枕著妳的腿兒。

絹　兒：有枕頭呢。

長　白：我不要。偏要枕著妳。

絹　兒：〔推著長白，指指長安〕走啦走啦。〔長白黏著絹兒〕

長　白：好絹兒，妳別動，我給妳抽上兩口。

絹　兒：哎喲，這我可不敢，給娘知道了，得剝我的皮。

長　白：怕什麼，妳現在是我姨太太了，抽兩口都不得麼?快，抽兩口給爺瞧瞧。

〔在長白跟絹兒調情的時候，長安臉色越來越難看〕

長　安：夠了沒?要胡鬧回屋裡去。

長　白：怎麼妳不回屋裡去?

長　安：我高興坐在這兒就坐在這兒。

長　白：我高興枕著絹兒就枕著絹兒。妳瞧著，我還香她。

長　安：〔轉過頭〕你別忘了，這個家還不是你當家。

長　白：妳也別忘了，這個家不是我當家也不會是妳當家。

〔在絹兒被罵的時候，長白一句話都沒說，兀自抽著煙〕

〔絹兒嚇得從羅漢床上跌下來，又趕緊站起來〕

〔曹七巧上〕

〔長安瞪著長白，沒話反擊，又坐回椅子上去〕

絹　兒：奶奶！〔一驚慌不敢叫娘〕我不敢了。

曹七巧：〔對絹兒〕敢情妳是在窯子裡討生意，挨不上男人就喘不過氣，當姜家沒了規矩。看芝壽人廢了，成天歪在床上動彈不得，等著扶正啊。妳美的！想扶正也得她那口氣喘不上！

絹　兒：〔跪下〕奶奶，我不敢了，饒了我吧。

長　安：〔發出笑聲〕哼。〔長安這一聲笑，讓人覺得儘管可憐，但她也不是什麼好東西〕

曹七巧：妳笑什麼？〔長安不理〕長安，長安。〔長安轉過頭來看了一眼曹七巧，沒理她〕死丫頭，應一聲都不會麼？〔長安持續不理〕妳笑什麼？

長　安：隨便笑笑。

曹七巧：死丫頭，敢這樣跟我說話。〔停頓片刻〕哼，別以為我不知道妳想什麼。分明是自己長得不好，快三十還嫁不掉，反過來怨我做娘的耽擱了妳，成天掛搭著個臉，倒像我該妳二百錢似的。我留妳在家裡吃一碗閑茶閑飯，可沒打算留妳在家裡給我氣受。

〔小雙上〕

小　雙：奶奶，少奶奶藥吃完了，得跟您支些銀子買藥。

曹七巧：芝壽還真享福啊。改明兒我也病上了，歪在床上讓人伺候東伺候西的，這個家還撐得下去麼？白花花的銀子，全花在那癆病鬼身上了。〔大聲〕真討債啊，賠錢貨。娶這媳婦，真討債啊。

〔上一段念白中。長安走開，摀住耳朵，走到戶外，有個長凳，長安一到，就坐在長凳上〕

〔曹七巧突然頭暈，自己坐下〕

曹七巧：都死人啊。我頭暈怎麼就沒個人來扶。

小　雙：〔趕緊站到七巧旁邊〕奶奶，沒事吧。

曹七巧：怎麼沒事？瞧我病的，還不快去請大夫？什麼事情都要我說了才知道做麼？

小　雙：是。〔下〕

曹七巧：哎喲，這會兒心口疼起來了。

絹　兒：〔站起來倒茶〕娘，喝口茶。

曹七巧：〔喝一口茶，吐出來〕茶都涼了。做了姨奶奶連茶都不會倒了麼。我告訴妳，我還讓妳回去做丫頭。

長　白：娘，來一口？

〔客廳〕

〔燈亮〕

曹七巧：不孝的兒子，娘都病了你還讓娘吃這個。

長　白：說說嘛。〔接過絹兒手上的茶〕娘喝茶。

曹七巧：大夫怎麼還不來呀，我都要死了喲。

〔燈暗〕

〔戶外〕

長　安：〔唱〕

日復一日鬧喧囂，

無時無刻無咆哮。
漫天漫地煙塵擾，
高牆如天何處逃。

〔童世舫上〕

童世舫：姜小姐。
長　安：你來了。
童世舫：姜小姐今天來得早些了。
長　安：〔想訴苦〕我母親她……〔搖頭〕沒什麼。
童世舫：什麼時候方便上府上一趟？
長　安：〔驚恐〕童先生要來？
童世舫：〔羞〕跟您母親提個親事。
長　安：我母親?!〔想到曹七巧長安面露猶豫〕
童世舫：〔等太久了〕姜小姐……
長　安：〔情急〕我只怕我母親不肯善罷干休。
童世舫：〔笑〕聘禮不是問題，一定讓令堂滿意。
長　安：與聘禮無關……童先生……（講了你也不會懂），是我三叔的女兒長馨表妹介紹咱們認識的，我去求三嬸跟我娘說說吧。〔自言自語〕真有這麼一天也未可知。

〔長安、童世舫下〕

〔客廳〕

〔客廳燈亮〕

〔曹七巧與三奶奶坐著喝茶〕

曹七巧：三奶奶，今兒個怎麼有空到我這兒來走走啊？

三奶奶：聽說二嫂病了。

曹七巧：還不是給氣病的。我不知道招誰惹誰，誰都要來招我惹我。三奶奶不是為了問病而來吧？

三奶奶：我想給長安作個媒，長安也老大不小了。

曹七巧：什麼人哪？

三奶奶：是我們家長馨朋友的親戚，在外洋留學、才回來不久，前程挺好的。

曹七巧：那好呀，就拜託了三奶奶罷。我病病哼哼的，也管不得了。這丫頭就是我的一塊心病。做娘的也不能說是對不起她，扒心扒肝調理出來的人，只要她不疤不麻不瞎，還會沒人要麼？怎奈這丫頭天生的是扶不起的阿斗，恨得我只嚷嚷「不如我一閉眼去了，男婚女嫁，聽天由命罷」。

三奶奶：既然二嫂答應，我就讓他來跟您提親。

〔長安上〕

長　安：〔帶著喜悅〕娘，三嬸。

曹七巧：〔酸〕總算是會叫人啦。

長　安：〔唱、完全沒聽到七巧的話〕
只道是、今生永沉、深淵底，
大海中、得浮木、又現生機。

曹七巧：〔唱〕
乍見她、一笑如花豔，
心底一陣如冰寒。

長　安：〔唱〕
從今後、端容止、斂舊習，
姜家女、離牢籠、換做了童家媳。

曹七巧：〔唱〕
生兒養兒三十年，

幾曾見她展歡顏。

長　安：〔唱〕

夜長再不與、煙燈對，

雲開月明、慰孤寂。

曹七巧：〔唱〕

一旦間、親事上門、春風拂面，

幾分妒、幾分羨、五味雜陳在心間。

〔白、看到長安微笑、有氣〕這些年來，多多怠慢了姑娘，不怪姑娘難得開個笑臉。這下子就要跳出了姜家的門，趁了心願了，再快活些，可也別這麼擺在臉上呀——叫人寒心。

〔長安全然沉溺於幸福的幻想，沒聽見，繼續幻想著她的美好人生〕

長　安：〔唱〕

正月嚴寒冰雪驟，

我為夫、暖上一壺二鍋頭。

二月迎春年關到，

他寫喜聯我備珍饈。

燉雞滷肉憑火候，
他愛吃的燜筍要多油。
三月鮮魚多肥厚，
問夫郎、要川、要燙、要醋溜。
想到此、心已醉、止不住、吟吟笑口，
面頰紅、好似那、五月石榴。

〔長安臉上的表情還是很愉快，七巧更氣〕

曹七巧：早不嫁，遲不嫁，偏趕著這兩年錢不湊手。明年若是田上收成好些，嫁妝也還齊備些。

三奶奶：如今倒也不講究這些了。省著點也好。

曹七巧：一樣還是娘家的晦氣。

三奶奶：二嫂看著辦就是了，難道安姐兒還會爭多論少不成？

〔三奶奶笑，長安跟著笑〕

曹七巧：不害臊！妳是肚子裡有了擱不住的東西是怎麼著？火燒眉毛，等不及的要過門。

嫁妝也不要了——妳情願，人家倒許不情願呢？妳就拿准了他是圖你的人？妳好不自量，妳有哪一點叫人看得上眼？趁早別自騙自了。姓童的還不是看上了姜家的門第。別瞧妳們家轟轟烈烈，公侯將相的，其實全不是那麼回事。早就是外強中乾，這兩年連空架子也撐不起了。人呢，一代壞似一代，眼裡哪兒還有天地君親？少爺們是什麼都不懂，小姐們就知道霸錢要男人——豬狗都不如！我娘家當初千不該萬不該跟姜家結了親，坑了我一世，我待要告訴那姓童的趁早別像我似的上了當。

〔曹七巧罵到一半，客廳燈微暗，長安跟三奶奶走到門口〕

〔三奶奶握著長安的手，拍拍她，在七巧的長段咒罵當中，找空隙對長安說一句「好自為之」，下〕

〔戶外〕

〔長安坐在長凳上，童世舫上，兩人坐著不說話，靜靜聽著七巧罵〕

〔客廳〕

〔小雙、絹兒、長白上〕

小　雙：奶奶，絹姑娘有喜啦。

曹七巧：算我沒白娶妳進門。

〔芝壽在幕後發出怪笑聲〕

〔絹兒害怕的躲在長白身後，長白也略露驚恐〕

〔芝壽上，半瘋半癲〕

袁芝壽：〔撲過去〕白哥兒！〔長白閃開。芝壽撲過去〕絹兒、雙姑……娘！

曹七巧：〔全無懼怕〕神經病！天生一個破掃帚、敗家精，甭說是生養個一兒半女，就是侍奉婆婆妳都做不來。〔推開芝壽〕妳躲開些吧，少在這邊丟人現眼。

袁芝壽：嘻嘻。

〔唱〕

人間煉獄匆匆走，

苦難折磨已到頭。

只等到、此身化作煙塵後，

咒罵咆哮誰人愁。

〔芝壽下。臨下前突然轉過來指著絹兒〕

袁芝壽：妳〔拉長尾音〕、妳〔拉長尾音〕……嘻嘻。

絹　兒：不是、不是……

〔絹兒下，長白隨下〕

〔以下是一前一後交錯場景，燈光交替〕

〔戶外〕

〔在長安身後發生這些事情的時候，長安越來越害怕，主動的鉤住了童世舫的手臂〕

童世舫：〔自言自語，不是對長安〕飄洋過海離開了中國，外洋的人都說中國老了、舊了，什麼都比不得外洋。我卻覺得最想念的還是古中國的一切。古中國的檀木香味兒，古中國的青花釉裡紅，古中國幽嫻貞靜的女子……〔握住長安的手，出了神的自想自的〕幽嫻貞靜的女子……〔對長安說話〕過幾天上門提親好麼？

〔客廳〕

〔長安閉著眼睛、神情痛苦的點點頭〕

曹七巧：妳要野男人妳儘管去找，只別把他帶上門來認我做丈母娘，活活的氣死了我。我只圖個眼不見、心不煩。能夠容我多活兩年，便是姑娘的恩典了。

〔戶外〕

長　安：那年，娘送我上學堂讀書。只讀了半年便回來了。

童世舫：為什麼？

長　安：都是我糊塗，筆呀、紙呀、書呀三天兩頭的掉，我娘認準了是學堂裡有賊，直說要討個公道回來。哪有這麼個賊呢？說來說去娘就是不信，我怕她到學堂裡鬧了之後，朋友會笑我、會怎麼想我，只好說我不想念書了。

〔客廳〕

曹七巧：〔裝哭〕我的兒，妳知道外頭人把妳怎麼長怎麼短糟蹋得一個錢也不值。妳娘自從嫁到姜家來，上上下下誰不是勢利的，狗眼看人低，明裡暗裡我不知受了他們多少氣。就連妳爹，他有什麼好處到我身上，我要替他守寡？我千辛萬苦守了這二十年，無非是指望你姐兒倆長大成人，替我爭回一點面子來。不承望今日之下，只落得這等的收場。

〔戶外〕

長　安：可我都說了，我都說了我不去了。我娘還是不肯放過我。她說不去也得把學費討回來。她終究鬧了一場，我也終究成了個笑話。〔站起來，離開童世舫〕

〔唱〕

世人笑我、我不怨，

只怕他、隨世同俗、將我看輕來棄嫌。

蒙君珍愛三月久，

我只願、三月辰光、長駐你心間。〔走入客廳〕

〔客廳〕

〔曹七巧摘了一朵長安花盆裡的花，一瓣一瓣扯了下來〕

長　安：〔唱〕

只見她、強撕扭、片片花瓣，

花心殘、花身爛、我心裂膽寒。

〔白〕娘若見不得這花養著，我自個兒折了它。〔一朵一朵的折斷〕

長　安：〔唱〕

我寧願、花莖親手、來折斷，

任憑她、根離土、枯絕萎乾。
縱是未及盛開日，
不教殘破留人間。
〔白〕娘若不願意結這門親，我去回掉就是了。〔緩步下台〕

〔小雙引童世舫上〕

小　雙：奶奶，童先生來了。

〔長安一震，半轉過身〕

童世舫：姜夫人，今天來打擾、是想跟您提親。

曹七巧：童先生啊。您先別忙，先坐著。這事等長安下來一塊談，我還沒問過她的意思呢。小雙，妳去催催安姐兒。

童世舫：不急不急，別催姜小姐。

曹七巧：也行，那就讓她抽完兩筒再下來。

〔長安又一震，慢步下台，照著她的光越來越暗〕

童世舫：〔震驚〕姜小姐她……

曹七巧：這孩子就苦在先天不足，下地就得給她噴煙。後來也是為了病，抽上了這東西。小姐家，夠多不方便哪！也不是沒戒過，身子又嬌，又是由著性兒慣了的，說丟，哪兒就丟得掉呀？戒戒抽抽，這也有十年了。

〔童世舫一句話也說不出來，站起來也走了出去〕

〔七巧坐在羅漢床的一側，拿出鴉片煙來抽，小劉上，一把拿過她的煙筒，放在桌上〕

〔七巧想拿，小劉按住煙筒不讓她拿〕

曹七巧：還給我。

〔小劉不理他，以下進入非現實舞台場景，七巧與小劉觀看著眾人的下場〕

〔長安上，拿起小劉擱在桌上的煙筒，緩慢的抽起煙來〕

〔小雙上，披麻帶孝，哭哭啼啼的喊著少奶奶〕

〔絹兒上，奪過長安手上正拿著的鴉片膏吃下去，死在羅漢床的另一側〕

〔長白摟著兩個妓女上〕

〔曹大年上〕

曹大年：對門中藥鋪的小劉不也託人來提親？我見妳是喜歡他，只要妳點頭，我們苦些又何妨，聘禮少收些也成，只要妳中意。喏，這姜家的花轎也是妳姑娘一雙腳兒一步一步踏上去的，我押著妳上麼？貪圖錢財的，難道就只我一人麼？〔下〕

小　劉：妳若是跟了我，何至於此？這兩個孩子，又何至於此？

曹七巧：〔環看四周〕哥哥嫂嫂恨我麼？

小　劉：恨啊。

曹七巧：二爺恨我麼？

小　劉：恨啊。

曹七巧：季澤恨我麼？

小　劉：恨啊。

曹七巧：芝壽呢？絹兒呢？安姐兒呢？白哥兒呢？

小　劉：他們都是恨你的。

曹七巧：都是恨我的了。你呢，你恨我麼？

小　劉：打從妳一雙腳兒一步一步踏上姜家的花轎，我與妳今生今世再無瓜葛。〔下〕

〔曹七巧坐在羅漢床上，低泣〕

〔響起開幕的小曲〕

女　聲：〔唱〕

正月裡梅花粉又白，

大姑娘房裡繡鴛鴦。

二月裡迎春花兒頭上戴，

花香勾動了探花郎。……

〔燈暗，劇終〕

青塚前的對話

京劇小劇場

王昭君 與 蔡文姬 的心靈私語

美麗而蒼涼的異境詩篇

攝影／劉振祥

人物表

漁婦

崔鶯鶯、李亞仙、紅娘、銀箏

蔡文姬

王昭君

漢王

〔清冷空靈的江天明月中，漁婦搖一葉扁舟吟唱上〕

漁　婦：〔唱〕

江畔何人初見月？江月何年初照人？
年年歲歲月相似，歲歲年年人不同。

〔白〕我乃江上一個漁婦的便是。鄰人不識名姓，甲子原無歲年；只靠打漁度生涯，讀書吟詠閒過遣。朝伴煙霞、暮送夕陽，每每聽得江濤滾滾、江楓瑟瑟，只覺音聲迷魅，關心動情，古往今來、種種心事，悠悠忽忽一齊兜上心頭，一時之間，文心、詩韻、彩筆、琴音，幻化瞑合為一，竟難分辨，悲歡離合，從何而來。

正是：休道日月無情，且聽萬籟有聲。

這且不言，適才因見舟中有崔鶯鶯、李亞仙二傳，仔細看來，她兩個也差不多，難分貴賤，怎定高下？一個使得鄭元和高歌市上蓮花落，不把天邊桂樹攀；一個惹得張君瑞寄簡傳書期雅會，槌床倒枕害相思。

看月漸西沉，我睏倦起來，不免在舟中小睡片時便了。〔作睡科〕

〔崔鶯鶯上〕

崔鶯鶯：吾乃博陵人氏，崔相國之女，崔鶯鶯的便是。這漁婦說我和李亞仙一般，特來折辯。

〔李亞仙上〕

李亞仙：吾乃長安人氏，老鴇兒之女，李亞仙的便是。這漁婦說我與崔鶯鶯一般，特來折辯。

崔鶯鶯：妳有什麼強似我？

李亞仙：我有什麼不如妳？

崔鶯鶯：妳在曲江池上，過客留情，

李亞仙：妳在普救寺中，遊僧掛目。

崔鶯鶯：妳哄鄭元和馬上投鞭，

李亞仙：妳引張君瑞月下彈琴。

崔鶯鶯：妳為衣食迎新棄舊，

李亞仙：妳害相思廢寢忘餐。

崔鶯鶯：俺張君瑞也曾狀元及第，

李亞仙：俺鄭元和也曾金榜題名。

崔鶯鶯：妳怎比我受過五花官誥？

李亞仙：俺也曾受封為一品夫人。

崔鶯鶯：妳買良為賤！

李亞仙：妳先姦後娶！

崔鶯鶯：老鴇兒見鄭元和沒了錢，往蝦蟆巷裡只一躲，

李亞仙：妳請張君瑞破了賊，向鄭恆身上只一推。

崔鶯鶯：卑田院現放著鄭元和睡臥的基址，

李亞仙：西廂下也有張君瑞跳牆的形蹤。

崔鶯鶯：妳一家子祖輩來踅門掠戶，

李亞仙：妳三口兒天生的穿寺尋僧。

崔鶯鶯：我不與妳折辯，喚出紅娘來助陣，

李亞仙：我不與妳分說，叫出銀箏來爭強。

〔紅娘、銀箏上〕

紅　娘：好一個端馬桶的賤人，這等無禮，

銀　箏：好一個看門子的丫頭，這般欺心。

紅　娘：妳改不了討酒尋錢、做櫃檯的嘴臉，

銀　箏：妳變不了傳書遞柬、叫姐夫的心腸。

紅　娘：妳靸了一世爛鞋，

銀　箏：妳穿了半生破襪。

紅　娘：妳是鄭元和的貼戶，

銀　箏：妳是張君瑞的幫丁。

紅　娘：妳是那風月場中雛兒，

銀　箏：妳是那皮肉行裡經紀。

紅　娘：若不是鄭元和做了官，李亞仙還是娼婦，妳還是小娼妓，

銀　箏：若不是杜將軍退了賊，崔鶯鶯便是賊妻，妳便是賊奴才。

〔四人相互扭打，下〕

〔漁婦醒〕

魚　婦：好夢啊好夢，方才合眼，見兩個女仙各逞其能，兩個女奴各為其主。眾聲紛擾，

才動我心，轉瞬之間，竟皆散去，但只見天色微明、江流宛轉。

正是：鳥去鳥來山色裡，人歌人哭水聲中。

待我另翻一卷。

〔漁婦翻書閱讀，吟〕天寬地闊兮、不容我一身，手中線、操縱由人。

〔白〕文姬，妳若不是大儒蔡邕之女，若不是才華滿腹下筆成章，任憑妳被擄匈

奴多少年，又有誰會用重金將妳贖回呢？雖說是手中線、操縱由人，文姬終究回來了，終究回家了。〔掩卷倚槳而臥〕

〔文姬從遠方來〕

文　姬：〔唱〕

整歸鞭、行不盡、天山萬里，

見黃沙、和衰草、一樣低迷。

〔昭君夾吹腔：飄渺一似雲飛〕

又聽得、馬蕭蕭、悲風動地，

〔昭君夾吹腔：飄渺一似雲飛〕

行一步、一步遠、足重難移。

〔昭君自墳墓青塚裡緩緩出來，輕輕哼唱著傳統戲《昭君出塞》的曲調，幾句之後轉為念白，而曲牌的音樂仍淡淡墊在念白下面〕

昭　君：〔唱〕

王昭君，一似海枯石爛，

手挽著金鑲玉嵌琵琶兒一面。

俺這裡……

〔接白〕

大漠孤煙杳人跡，此身早已慣孤寂。

生前死後俱如此，心死情盡埋沙泥。

仿佛又聽聲嘆息，霎時心亂情轉迷。

是我心頭恨未已？還是他人同遭際？

聲息難辨出自誰，只聞幽咽泣低迷。

〔自青塚裡出來的昭君，先四下尋找聲音，而後發現是文姬，遂默默在一旁看著文姬祭弔自己〕

文　姬：昭君哪！昭君！我文姬獨自一人歸漢，途經青塚，望妳一靈不散，聽我訴訴衷情！

〔唱〕

你本是、誤丹青、畢生飲恨，

我也曾、被娥眉、累苦此身；

妳輸我、及生前、得歸鄉井，

我輸妳、保骨肉、幸免飄零。
問蒼天、何使我、兩人同命？
聽琵琶、馬上曲、悲切笳聲。
看狼山、聞隴水、夢魂猶警——

漁　婦：〔吟〕我欲悠然行舟，偏有沉浮馳驟。

〔下面這段漁婦的念白和身段，穿插在以下昭君和文姬的對話中〕

漁　婦：趁此風平浪靜，不免放流直下；〔身段〕
霎時風雨交加、載沉載浮。〔身段〕
過激流、越險灘，迴波千旋，〔身段〕
竟然滴溜溜的又回到了江心。

〔漁婦吟唱時，昭君、文姬反向前行，擦身而遇〕

昭　君：打從何方而來？

文　姬：黃沙盡頭。

昭　君：要往何方而去？

文姬：京城。

昭君：妳的終站原是我的起始。

文姬：我的終站也曾是我的起始。

昭君、文姬：〔遙望前方，同白〕京城、上郡、西河、朔方、五原！

文姬：〔遙望前方〕五原、朔方、西河、上郡、京城！

文姬：一步一斷腸。

昭君：一步一惆悵。

文姬：來也傷心、去也悲！

昭君：生也飄零、死也孤！

文姬：日日思歸歸又怨！

昭君：不歸卻又一心懸！

文姬：待到歸鄉日，竟是離家時。是歸？是離？竟難分辨，一樣的死生永隔。

漁婦：舉首望藍天，

〔吟〕也無風雨也無晴。

昭君：我身已塵埋，心已沉寂，此刻竟被妳勾起心事，誤丹青、困蛾眉，唉，出塞前夕那個夜晚，我已多久不曾回想、不敢回想，而我願說給妳聽，只有妳能懂得。

〔對鏡梳妝〕

〔唱〕

一回對鏡一斷腸，燒殘紅燭理紅妝。
玉爐香繞愁千丈，伴我昭君披嫁裳。
披嫁裳？待嫁娘？只道是萬里謫荒離故鄉，
誰記得我也是新嫁娘？新嫁娘，心茫茫，

漁　婦：〔唱〕心茫茫、海茫茫。

昭　君：〔唱〕

翠鈿難將愁眉藏，胭脂和淚污紅妝。
妝成獨坐入錦帳，靜待朝陽起霞光。
長安朝陽光萬丈，今生無復此曙光。
明朝車馬出北塞，從此風捲黃沙狂。
今宵先辭長安月，再辭長安日朝陽。

〔昭君端坐錦帳內，更鼓聲〕

〔文姬坐到昭君的鏡台前〕

漁　婦：〔唱〕日朝陽、光萬丈、波平如鏡、鏡裡照容妝。

〔漁婦對江水照容顏〕

文　姬：〔唱〕
一回臨鏡一斷腸，文姬換回漢時妝。
寶髻梳不成蟠龍樣，羅帶結不出同心囊。
相隔不過十二載，竟然忘卻舊時妝。

漁　婦：〔唱〕
海茫茫、心茫茫，波光盪漾、看不清容妝。
不識胭紅和眉長，看不清我的青春容妝。

〔昭君掀簾出帳〕

昭　君：〔唱〕
掀簾出帳迎瑞光，迎瑞光。
金光刺目酸淚湧，心頭一緊暗自想。
人生若似擺陣仗，昭君豈能無勝場？
此際不能扳一局，今生何以慰衷腸？……
到此不禁悽然笑，此生竟還有盼想！

文　姬：〔唱〕

此生豈能無盼想？一生一世思慮長。

〔文姬進入昭君的錦帳，探看熟睡的兒女〕

分別一月後，兒思娘、斷肝腸；

分別六月後，兒起居漸如常；

三年五載後，忘卻娘模樣；

十年八年後，夢中已無娘。

匆匆逝水如流光，二十年後誰敢想、誰敢思量？

漁　婦：聚散無常水波漾，天南海北、未必不能匯成流！

文　姬：〔唱〕

聚一堂、已鬢如霜，我這裡、鬢如霜，

他那裡、塵滿面，不再是青春少年郎。

塵滿面、鬢如霜，縱使相逢應不識，

母子不相識，擦身各過往；

人生空自忙，終不過、一場虛妄。

漁　婦：〔唱〕

不知青春何模樣，老之將至又何妨？

匆匆逝水如流光，於我有何妨？

一場虛妄！

〔漁婦對江水照容顏〕

〔文姬取出焦尾琴〕

文　姬：焦尾琴！我父親手製，蔡家一脈傳，塵埋十二載，今夜我——

文　姬：〔唱〕

臨別為兒奏離懷、為兒奏離懷。

朱絃一拂音猶在，未成曲調情已哀。

不奏別鳳離鸞曲，平沙落雁也忘懷。

情隨指間任流轉，竟成胡笳十八拍。

漁　婦：平水放舟，如箭離弦！

文　姬：一場虛妄！

〔昭君重上妝台〕

昭　君：〔吟〕何必嘆虛妄？此生仍然有所盼，且看我——

昭　君：〔唱〕

收起千般怨，開鏡對朱顏。

重調朱粉朱唇點，斜插金鳳捻金簪。
裙拖六幅湘江水，環珮鈴鐺登殿前。
丰容靚飾階前站，顧盼生春意態姸。
目不轉睛群臣訝，君王張口竟垂涎。
何方仙女下塵凡，遺世獨立在人間？
君臣未及回神轉，琵琶一曲已轉絃。
銀瓶乍破水漿迸，不作長空孤雁寒。
鳳尾龍香聲婉轉，輕攏慢撚情無限。
潮起潮落任絃轉，月圓月缺一抹間。
曲終收撥當心畫，斂裙出宮登翠輦。
回眸琵琶半遮面，臨別一笑更嫣然。
君王頓足恨連連，欲待開言已無言。
昭君長吁氣舒展，從此愁恨兩均攤。
君攤悔恨我攤愁，你自怨悔我孤單。
人間愁恨千千萬，不教昭君一身擔。
人生若有輸贏面，昭君此刻已占先。
人生得意須盡歡，緩步輕移入轎簾。
車簾垂下淚始落，不教君王見悽然。

輸贏俱在芙蓉面，此生終是誤嬋娟。

文姬、昭君：〔合唱〕誤嬋娟、此生終是誤嬋娟！

漁　婦：江海茫茫，多少幽怨嗚咽？萬里乾坤、百年身世，只不過浪花數點，驚起沙鷗一片！〔沙鷗不怕人，漁婦輕鬆的用手招呼逗弄沙鷗〕

文　姬：只是妳終究贏了一回，出塞之後，漢王定是日夜思念。人生在世，若能得一人鎮日思念，也就不枉了。

昭　君：思念，〔苦笑〕是啊，世人都說漢王何等思念於我，說得來呦，竟跟真的似的，聽，來，我們一塊兒聽，聽「我」的愛情，聽別人怎麼說「我」的愛情。

〔漢王上〕

漢　王：昭君，昭君，妳這就去了，撇下孤王一人，妳就逕自去了，從今往後，這漫漫長夜，叫孤王如何得挨呦？

〔唱崑曲、梅花酒〕

呀！俺向著這迴野悲涼，

她、她、她傷心辭漢主，我、我、我攜手上河梁。

她部從入窮荒，我鑾輿返咸陽。

返咸陽，過宮牆；

過宮牆，繞迴廊；
繞迴廊，近椒房；
近椒房，月昏黃；
月昏黃，夜生涼；
夜生涼，泣寒螿，
綠紗窗，不思量。

〔漢王下〕

文　姬：這般深情，真乃千古絕唱。

昭　君：千古絕唱？是啊，文詞美、聲律諧、意境高，這就叫千古絕唱？

文　姬：且不論聲情詞韻，我只聽到他攜手步步相送、獨自踏月回宮，不像我文姬，歸漢之時，左賢王不曾出帳，是我進得氈幕，向他深深一拜，抬起頭來，妳可知他眼中的怨怒，我竟不忍再看，轉身上馬，不敢回頭。歸漢、回家，竟是這般窘迫，我怎不羨慕妳、擁有這段深情相送的千古絕唱。

昭　君：是啊，千古絕唱，是那文人自作多情的千古絕唱，不是我的。那些騷人墨客，以我為題材，寫了許多我的愛情，愛情？畫像的愛情？美色的愛情？我要的是一茶一飯、一几一坐，共同的生活。左賢王的怨怒，只因難捨妳與他的一茶一飯、一几一坐，我呢？誰會為我怨怒？那漢王也曾怒斬毛延壽，但那畫工的生死禍福與我何干？我這一生終是飄零。分別之時，妳還有人可以深深一拜，我竟不知一拜要拜向何人？爹娘嗎？爹娘下世多時，入宮這麼些年，思親之念早已斷絕；兄姐嗎？兄姐早已有了自己的家，有了自己的孩子，白日荷鋤南山上，夜歸兒女笑燈前，佳節良辰、月圓之日，偶爾或許思及我這不在身邊的手足至親，也就只是兩行清淚而已，待等兒女上前扯衣呼喚，一轉身便都忘了，有了孩子，一顆心就像扎了根似的定了下來。

文　姬：有了孩子，一顆心就像扎了根似的定了下來？是啊，定了下來。到北地多年，日夜悲啼，待等有了兒女，竟沒別的心思了。那夜，兒啼女哭、北風呼號，我與他一人懷抱一子，他哼著胡笳曲，一手搖著哄著兒子，一手環抱我母女入懷，讓我靠著他的肩頭，被他搖著哄著，我竟安然入睡。入胡之後，頭一回如此安然。醒來之後，逕自斷了還鄉之念，收起父親焦尾琴，隨夫學起吹胡笳，從此不覺北風寒，不嫌牛羊腥，甘在大漠，一生一世。誰知，竟只有一十二年。

昭　君：這也是妳自己作的主，妳若一心留在胡地做個母親，便不只十二年了。而妳終究是蔡家文姬、大儒之女，漢家史書、文章大業都等著妳回去，妳怕不能只做個母親吧。

文　姬：而我只想做個母親。

昭　君：也只是想而已，不終究是捨了嗎？

文　姬：捨得有多苦啊？我上得馬來，一逕直往前奔，彷彿聞卻聽得他的聲音：「燒、燒、燒！盡行燒卻！」回頭一望，大漠孤煙裡，是我的氈帽衣裘、我的毛靴絨套、我的胡笳，我的情愛，我的十二年歲月，就這樣付之一炬。當時度日如年，如今隨風頓逝，風裡、煙裡，有幼兒的哭聲，也有他的咆哮聲……與哭聲。

昭　君：怒火、咆哮、哭聲，這是他對妳的送別？讓人好生羨慕！我上了車輦、回頭一望，漢宮門口的隊伍，哪裡是送別、哪裡是送嫁？分明是……送葬！一出疆界、即刻自盡，這是他們對我的期待，這才顯得出漢王有和親之誠、而漢女有殉國全貞之心哪。

文　姬：有人說妳投河自盡，但也有人說……〔不太好意思的說〕妳留在胡地，快樂逍遙。妳、終究是如何？

昭　君：妳以為呢？

文　姬：〔想了一下〕只怕妳自己也作不得主吧。

昭　君：終究只有文姬懂得。生前凡事不能自己作主，死後一樣眾說紛紜、撲朔迷離，此生唯一能自己作主的，便只有臨別登殿、丰容靚飾那一剎那的神采，我要顧影徘徊，要叫君王悔恨，即使那悔恨只是片刻，但那是我唯一能要的。

文　姬：妳想要的已經有了，世人都是如此談論昭君、歌詠昭君的：丰容靚飾，顧影徘徊。

昭　君：那些文人，怎會歌詠在胡地快樂逍遙的昭君？歷代文人，非但要把自己弄得窘迫不堪，凡被他們選中入詩的，也俱都是些苦命之人。他們要昭君一路哀傷，他們說「千載琵琶作胡語，分明怨恨曲中論」；他們要昭君一過疆界立即自盡，他們說這叫全節盡忠、民族典範；他們還要昭君「環珮空歸月夜魂」，進入漢王夢境，成就個多情的君王。昭君若是歡喜留胡，那些失意不遇的文人，又怎能藉古論今呢？我不稀罕什麼留名千載，只是若無有這些篇章、便無有昭君；而篇章越多，昭君越是四分五裂。

文　姬：這叫做生也飄零，死也飄零。

昭　君：妳面前的昭君，青塚內的昭君，實是文人的描塑。真實的昭君怎麼樣了？又有誰知道呢？這些只有妳懂，只有妳懂得這些文人，曹丞相接妳回去，不就是為了惜妳之才麼？否則那麼多人流落北地，為何單單只接妳一人？

文　姬：曹丞相接我，原為繼父親遺志、完成修史書千秋大業，誰知竟使我寫下〈胡笳十八拍〉自身的悲憤詩篇。

昭　君：妳自有彩筆寫自身，昭君一世卻遭操弄，生前死後俱遭操弄。

文　姬：我們都只是文史書上的幾許光華，世上何物是真？何為假造？

昭　君：一茶一飯、一几一坐，才是真的。

文　姬：我的一茶一飯、一几一坐已然拉雜摧燒之，當風揚其灰了！

昭　君：我從來沒有過與誰人的一茶一飯、一几一坐。走吧！歸漢之後，等著妳的、還不知是什麼呢！

文　姬：想是永無止境的思念。

昭　君：怕不止於此吧……我也希望只是永無止境的思念。走吧，前面的路還遠得很呢。

文　姬：真羨慕妳，已經走到盡頭了。

文　姬：〔唱〕我只得含悲淚兼程前進，還望她向天南月夜歸魂。

漁　婦：〔一邊翻書一邊吟〕十八拍兮、曲雖終，響有餘音兮、思無窮。

〔上面昭君文姬兩人大段對話間，漁婦有幾句唱、淡淡鋪墊其下〕

隻身行江上，江海作故鄉；
生即是飄蕩，掌舵自在航。

〔夢的情調變了：兩個女人貼在一起親切私語、說悄悄話〕

〔漁婦夢中翻身〕

昭　君：欸，妳到底為什麼非回去不可？

文　姬：沒跟妳說嘛，文化使命。

昭　君：得了吧。別ㄍㄧㄥ了！

文　姬：妳也別ㄍㄧㄥ了，我問妳，到底自盡了沒有？

昭　君：我豈能如人所願？哼！

文　姬：那我還真佩服妳，那麼酸的奶酪，妳怎麼能喝一輩子？

昭　君：一開始喝不慣，懷第一個孩子的時候，忽然覺得好喝極了，從此口味就變了。妳呢？一直不愛喝啊？

文　姬：喝了一口就吐出來了。

昭　君：瞧妳瘦得……

文　姬：想死了老家的桂花糕。真羨慕兩個孩子，生下來就不嫌酸的喝喔。欸，孩子像誰？

昭　君：阿哥們都像爹，阿姐都像我。妳呢？

文　姬：正好相反，兒子像我，女兒像極了他爹！

昭　君：真不幸！〔摟著文姬，拍著她，安慰她的不幸〕

〔漁婦忽然伸懶腰打呵欠，吟唱〈胡笳十八拍〉裡的一句〕

漁　婦：〔吟〕絲竹微妙兮、均造化之功，哀樂隨心兮、有變則通。

〔文姬猛的推開昭君，夢的情調又變了〕

昭　君：好一個千秋大業、文化使命！

文　姬：好一個文人想像、民族典範！

昭君：分明是掩飾妳拋夫別子的惡毒心腸！

文姬：分明是虛晃一招、遮蓋妳甘留胡地的醜陋事實！

昭君：妳藉胡笳十八拍，自我開脫！

文姬：妳藉歷代文人之筆，粉飾自身！

昭君：惺惺作態，故意來弔我一弔，藉琵琶增添幾許飄零！

文姬：我自有胡笳，何需借妳琵琶？

昭君：分明妳吃喝拉撒、生活不慣，一心想回長安吃精緻的、穿乾淨的！

文姬：分明妳口味羶腥、重鹹重辣，一心想留在胡地吃一輩子生鮮牛羊！

昭君：入境原本要隨俗，隨遇而安是英雄！

文姬：餐飯之間顯性情，飲食品味見文化，妳這沒文化的失節不倫！

昭君：與其冷宮孤單一世，不如胡地兩度春風！什麼失節不倫？

文姬：你嫁的是父子兩代，這叫父死子續、前仆後繼！

昭君：你歸漢後再嫁董家，這叫穿梭兩地、胡漢通吃！

文姬：我入胡之前原有丈夫，歸漢之後再嫁一夫，前後三屆，單就數量來論，妳就要瞠乎其後！

昭君：前後兩屆不關我事，我兩任丈夫俱是匈奴單于，專管妳那中間一任的左賢王！單就官位來論，妳就得甘拜下風！

〔漁婦翻身〕

漁　婦：奇怪、奇怪，舟中方才合眼，怎麼又見兩個女仙各逞其能？嘔嘔啞啞、嘈嘈切切，轉瞬曲終人散，月色如銀。多因我機心尚在，致使夢境不安，從今後，看江山自在、聽萬籟無聲。正是：

說長道短終何用，虛實真假總成空；
文心琴韻誰能辨，此時無聲勝有聲。

〔劇終〕

劇評

王有道休妻

劇評

情何以堪

張小虹

這真是一個難堪的場景。小生這廂一聲嫂子，叫得不夠正大光明，小旦那廂一句還禮，還得不夠清清白白，一個老生夾在中間自覺無事，卻硬是成了那個只知其一、不知其二的呆頭丈夫。

傳統京劇《御碑亭》講的是一樁休妻的故事，做丈夫的只是聽到妻子掃墓回程途中遇大雷雨，與一名陌生男子在御碑亭中避雨過夜，就直接判定「男女共躲雨，必有曖昧情」，憤而休妻。國光劇團新編京劇小劇場的《王有道休妻》，就是依循這個守舊傳統的故事加以改寫，想要以現代人的性別與情慾角度，探一探原有故事中所壓抑潛藏的慾望。

編劇王安祈用了極為高明的手法，將劇中妻子孟月華一分為二，本尊是恪守婦道的古代妻子，分身則是潛意識中情慾流動的現代女子，讓一場躲雨的突發事件，成了啟動慾望的高潮戲。小生這廂不是柳下惠，忍不住用眼睛偷瞄身旁的美貌女子，小旦那廂也不是呆若木雞，在偷窺的注視下，春情蕩漾地撢去身上的雨水。於是這樣「水泠泠、清淺淺、瀲豔豔」「嬌怯怯、羞答答、喜孜孜」地過了一夜。你說它一夜無事，確實也未曾發生任何肢體接觸、苟且交歡之事，你說它一夜有事，確實也不曾停止那流盪在彼此之間說不清楚、講不明白的曖昧之情。一對不曾相識的男女，在御碑亭裡對坐天地風雨間，危顫顫、醺醺然、天搖地動、情意纏綿。

然而《王有道休妻》的絕妙之處，並不止將情慾的流盪放回了道貌岸然、嚴守禮教的《御碑亭》，也不只是用古代妻子疊合現代女子，讓女人的身體與聲音，打開原有父權價值道德系統的封閉。《王有道休妻》裡最具現代感、最打動人心的部分，是在探觸到情慾議題時，不以情慾為衝撞禮教的終極救贖，而是在不僵化、不教條的貼近敏感中，大膽去碰觸情慾本身的內在弔詭。如果一句「情不知所起，一往而深」成就了《牡丹亭》的千古愛情傳奇，那改編自《御碑亭》的《王有道休妻》，則提出了「情不知所滅」的尷尬問題。為了情可以生生死死，生而復死，死而復生，但如果情來得沒來由就一往而深，情也就有可能去得沒來由而唏噓感嘆，穿越生死的愛情是神話，讓人欽羨讚嘆，來無影去無蹤的情生意動是日常生活，徒然叫人好生無奈，幾多惆悵。

於是當小生小旦又有機會再見面時，難堪的不是天雷勾動地火而丈夫在場，難堪的是那情意纏綿的「情境」已一去不返。當妻子分身唱出「天涯陌路擦身過，聚散離合盡偶然；亭中會、雨裡緣、一宵幻，雨霽雲收兩無干。非關情緣、再續無端，與他何干、與他何干？」一齣好戲就此大團圓收場，不是女人不勇敢，而是當不知所起的情已然不知所滅時，又何有情奔天涯之必要。

《王有道休妻》好看，就是因為它讓我們看到了情慾無端的殘酷性，人生幾多「亭中會、雨裡緣、一宵幻」，情境弄人，的確與他／她何干。

（原載二〇〇四年四月二十日《聯合報》副刊）

三個人兒兩盞燈

劇評

寂寞　是恆久的人生主題

林鶴宜

《三個人兒兩盞燈》寫盡了世間女子的寂寞。它的情節轉化自唐孟棨《本事詩》中宮女縫製征衣、暗藏詩句，竟因而得偕佳配的簡單故事梗概。既然只有梗概，連個人名都沒有，創作的空間自然也就十分寬廣，容許編劇任意揮灑。這個題材在京劇中較被知道的有《纊衣緣》和《征衣緣》兩個本子，後者還出自大師齊如山之筆。但兩個本子都把故事導向征夫立功報國的嚴正主題，看不見女子縫衣時無以自遣、無奈又異想天開的慘淡心情。

《三個人兒兩盞燈》從《本事詩》「玄宗深憫之」這句話延伸，構想全局。深宮裡，值得憫之、憐之的，豈止寫詩女子一人？因此編劇除了形塑出寫征衣詩句的雙月之外，還搭配刻畫了雙月的主子梅妃，還有姐妹淘湘琪、廣芝等人。這就使得寂寞主題有了重重疊疊、交錯對映的層次，浮現了立體又動人的豐富畫面。

梅妃曾經為玄宗所深愛，卻因為楊妃的出現，無預警地遭到遺棄。她任性地將內侍送來的一斛珍珠拋撒一地，「長門自是無梳洗，何必珍珠慰寂寥」，怨怨哀哀，任由寂寞摧殘得自己形容枯槁。明皇雖然知道「珍珠似淚泣無聲」，卻也無法面對梅妃的痴怨，「手捧玉匣不忍開」，畢竟情懷已不再，「難將舊夢喚回來」。

然而，明皇何嘗不是為了梅妃一人，「負盡了三千粉黛」呢？湘琪的不幸，來自於她偶逢聖顏，卻把這個宮裡唯一男人在井邊的戲言當真，空自痴盼了半生。有十幾年的時間，她不改井邊裝束，唯盼有朝一日再睹聖顏，能夠讓皇上想起自己。最後落得墜井而亡，仍不覺悟。湘琪落井的畫面刻意地不被演出來，落井後，宮女們老是見到「湘琪」披著濕淋淋的頭髮，穿梭於宮中。直到屍體被發現，她「春蠶到死絲難斷」，把願與怨帶向來生。

廣芝早已不做此想，「誰道女子非為男子容妝不可？」她不像其他女子一般纖弱易感，她安慰這個，照顧那個，曾說過：「廣芝姐姐在，就不會讓妳們傷心。」而尤其鍾情於雙月。鍾情雙月，不時為雙月裁製新衣，便是她最大的寄託。當雙月以一針一線為遠方不知名的「夫婿」裁縫征衣，藉以排遣青春失落的傷痛，廣芝也熱切切地對著雙月的身形比劃，意欲以指間縫就的溫暖呵護雙月。但這並不是雙月企盼的情感，廣芝問道：「妳想要的，我給不得麼?!」徒然留下天地蒼茫，一顆心歸屬無處的慨嘆。

做為一劇的主角，雙月好似這些女子寂寞的承載體。她也曾驀見天顏，可皇上連她的名字都沒興趣問，當然更無所謂「戲言」。她奉命傳達皇上對梅妃的慰問（／敷衍），因而目睹了眾人但見新人笑背後，舊人枯坐梅林的悵恨。廣芝的深情是衝著她來的，只是她懵懂迷惑，不知如何迎接這樣的心意？比較起來，雙月也許是眾女子中最「平凡」，從另一個角度說，也最「真實」的人。在宮中縫製征衣的她，很容易設想到這一針一線，應該是為了天涯海角，一個不知姓名，卻一樣寂寞的人兒吧。但是寫詩暗藏征衣又是什麼意思呢？

「今生已過也，相約來世緣。」

多麼異想天開！卻又並非毫無道理。茫茫人海中，為什麼不是別人得了這衣，偏偏是那人呢？所以她把那人當做是「有緣人」。可嘆年華已逝，又禁錮宮中，那就寄託來生吧。這與其說是縫衣人懷抱希望的寬慰之辭，不如說是慘淡絕望中的「自言自語」。

以戲劇的布局而言，雙月、梅妃、湘琪、廣芝四個角色設計，好比四根巨柱，撐起了全劇十足的張力。每一個人物都代表了一個寂寞的面向，痴的，怨的，迎的，拒的，皆納其中。在縫製征衣之前，雙月的生命幾乎是空白的，她目睹眾人心病，卻甚至連「那是怎樣的情懷？」都不知道。隨著征衣送出宮外，她的想像也飛出了宮牆。

至於舞台上那些連名字都沒有的小宮女甲乙丙丁，則是雙月等人剛入宮時的寫照。在無止境的黑暗和寂寥中，她們的生命只剩下入宮前童年時期的點滴記憶。時日一久，便連這些也模糊掉了。她們於是為了夢中不再聽得到親人的聲音而驚懼哭喊。這是多麼血淋淋的控訴！

生命的華采，隨著時光流轉，一點一滴不斷流逝。女性易感的心靈究竟能博得到多少珍愛和注視？世間女子何必禁錮宮中？寂寞恆常侵蝕著青春，也伴隨人年老。

成功的布局，出色的人物之外，細膩深情的曲文，是本劇動人的關鍵。王安祈教授的文字情意真切，信手拈來，無一點刻意，卻令人動容。

《三個人兒兩盞燈》原本是趙雪君在台灣大學戲劇研究所王安祈教授所開設的「戲曲編劇」課堂上的習作。對於曲文寫作，雪君還不夠熟悉，卻表現了她戲劇創作的潛質。劇終「三個人兒」超越了世俗之見，相知相惜，共同生活，正反映了時下「主流」的情感觀念。老師以愛才之心，拾起本子來重寫了曲文，這個劇本於是有了今天的樣貌。

台大戲劇系所一直在資源不足的情況下堅持理想，奮力運作。物質條件雖然不足，卻自信擁有人文傳統上不可取代的優勢。對於能夠在短短時間內看到這樣的成果，我不禁要心懷感激地說：

這真是一件令人感到欣慰的事！

（原載二〇〇四年三月《文訊》第二二一期）

【金鎖記】劇評

華麗也蒼涼的現代京劇

王友輝

張愛玲的小說充滿了文字所描寫出來的畫面意象和氛圍隱喻，因此經常被認為具備了影像的特質，不但給予讀者極大的想像空間，也往往成為舞台和影視戲劇創作者意欲挑戰的目標，但是，一旦真正面對改編，卻又往往被困鎖在文字的魔咒之中，竟成為張愛玲筆下許多經典人物的陪葬品。國光劇團的《金鎖記》，挑戰張愛玲的文字魅力，以現代編導手法以及寫實為基礎的表演情感另闢蹊徑，透過編劇、導演以及演員三者的互動協力，配合劇場門、窗、廚、櫃、桌椅、煙榻、喜幛等等視覺符號，與諸如笑聲、咳嗽聲、馬嘶聲、木魚聲、打牌聲等等聽覺感官的傳達，呈現出現代京劇的一種可能性，這是令人極為欣喜之處。

在戲劇結構上，《金鎖記》運用虛實交錯、時空併置的非直線敘事結構，以曹七巧這個主要人物的內外世界為中心，揀選原著小說中與七巧相關的人物和主要事件加以發展，並在情節中充分運用了前後對比的手法，重組為舞台上華麗而蒼涼的京劇演出。更重要的，在舞台上立體化的《金鎖記》，掌握了戲劇事件與動作的表演性，而非僅僅耽溺在小說文字形容之下所塑造的意象，因而能夠在小說文字的基礎之外另創舞台意象。演出與小說相較之下，形貌之間或有異同之處，但隱喻神髓則各有特色，可說是塑造了相當突出的京劇敘事典型。

舉例來說，劇中三爺現實世界中的婚禮和七巧幻想中自己的婚禮相互交疊，將小說中所略過未寫的情節轉化為舞台上充滿意象的場景，七巧與三爺則是穿梭在不同的空間之中而產生了舞台上的蒙太奇效果；而七巧夢境或說是幻境中，與中藥鋪夥計小劉家庭和樂的互動關係，在情節架構中首尾呼應，呈現出創作者對於七巧一生背負金錢與情感枷鎖的悲劇，皆是七巧自我選擇的重要觀點。

此外，前後兩次牌局，第一次具現了七巧在情感上與三爺的曖昧調情和慾望的不滿足，第二次七巧卻在親家母面前，以兒子長白和媳婦芝壽的房內私事做為調侃與嘲笑的話題，更對映出七巧情感的空虛和對家人的控制慾望。更為有趣的安排乃是第一次牌局是實打，第二次則是虛擬，除了舞台上畫面的變化趣味，更凸顯出七巧逐漸空虛的心境和言語中的尖酸與刻薄。這些充滿著意象的對比場景，皆是戲劇創作者獨特的巧思，但也呼應著小說人物幽暗的內心世界。

值得一提的是，導演在處理場景的畫面構圖時，透過每一個場次的轉換，將大道具的相關位置加以變化搬移，整個舞台彷彿在時間的流逝中逐漸旋轉一般，讓觀眾在不同場次中，從不同的角度看透七巧由外而內的種種面貌，其象徵的隱喻也巧妙地被凸顯出來。

在人物上，七巧自然是首要刻畫的人物，除了透過角色不同的事件和個人大量的獨白加以表現之外，更透過七巧身邊的場面人物以凸顯主題人物，在相互映照的對位關係中，形塑了七巧由怨而怒而狂而瘋的過程；而小劉這個小說中不甚起眼的人物，則是被賦予七巧內心良知具象化的功能，在七巧的夢中幻中、在煙暈迷離中，不斷透露出七巧走向極端卻無法回頭的難堪處境。這種以虛御實的人物刻畫手法，呼應著張愛玲小說中的特色，也建構了整體戲劇表演的可看性。

導演在人物處理上，充分運用了畫面構圖與演員身形的角度，將人物形象深刻地印留給觀眾。例如：將二爺安排斜躺在面向舞台台口的左上舞台，觀眾只見其側面而不見真貌，加強了做為一個陰影般的人物的形象。再比如，舞台正中的一扇彷彿是放大比例的櫃子般的對開門，劇中的女子們在不同的場次中分別走入門裡，劇終前又如浮光掠影般出現其中，既凸顯了女子們無限哀傷與幽怨的本質，更彷彿都在七巧的掌控下陸續被幽閉在暗無天日的錦櫃中。

在語言上，編劇擷取小說中的對話加以變化，在濃縮、重組與新編之中完成了舞台上鮮活的念白和唱腔，大量的一語雙關與明示暗喻深得張愛玲的精髓。其中，以「吃魚」為喻的場景最令人驚豔，描寫七巧在煙榻上，對著長白回憶當年與三爺的過往，在簡單的唱詞中透過殺魚、做魚以及捧魚、刺魚的過程，表現了七巧由愛生恨的情愫，令人玩味的比喻將京劇寫意的韻緻表達無遺，特別是飾演七巧的魏海敏配合著抽食鴉片之後的暈眩，以詞為本所設計出來的身段表演，堪稱創造了現代京劇的程式化身段之美。

相對於此唱詞曲文的精練，劇中許多由小說而來的對話則顯得過多，雖說魏海敏的口白清脆悅耳，表演上輔以大量的笑聲也讓語言產生相對的節奏變化，但是太過集中的對話段落卻讓戲曲的味道相對減弱，舉例來說，第一次牌局前安排了大量的對話，現代戲劇的意味濃厚卻少有戲曲的面貌，而當鑼鼓一響，絲弦一拉，反而讓人舒鬆一口氣而浸潤在擊節的酣暢之中。

另一方面，《金鎖記》的表演運用了大量的寫實表演的情感層次與動作表現，其中尤以七巧為了「保護」長安而強迫為她裹腳的段落最為明顯，在這場殘酷的戲段中，七巧與長安精采的唱詞表現出兩人各自不同的心境，情感的深入也頗能打動人心，但是動作上猶如老鷹獵殺小雞般赤裸血淋，驚悚殘酷的刺激性目的或許達到，戲曲最讓人回味的餘韻美感卻顯不足。這或許正是《金鎖記》在邁向經典高峰的過程中，仍然可以思索琢磨的地方。

若說《金鎖記》開創了現代京劇的可能性，編劇穩健地掌握精髓、導演的純熟調度、演員的用心詮釋，以及以導演為中心、來自各個創作者整體搭配的默契，當是成功的最重要關鍵，由此可見，現代京劇除了情思上的現代之外，創作上視為整體劇場的現代創作概念更是成功與否的重要指標。

（原載二〇〇六年七月《台灣戲專學刊》第十三期）

青塚前的對話

劇評

響有餘兮思無窮：我看青塚

吳秀玲

《青塚前的對話》最初在二〇〇五年國際讀劇節宣讀時，就以優美的詞藻及細膩的女性思維使人驚豔，二〇〇六年在國家劇院實驗劇場正式粉墨登場，更現風華。設想一位漁婦在江上讀書自遣，聽萬籟有聲，一時牽動情思，書裡女性一一走出對話，她們既是漁婦的幻聽，也是她自身心境的映照。一開始是崔鶯鶯／李亞仙、紅娘／銀箏兩對主僕各逞口舌之能，接著蔡文姬、王昭君兩個在「故鄉」與「異鄉」間反向而行的幽魂擦身相遇，先是互訴飄零的身世，進而惺惺相惜，到最後夢境變調，轉成針鋒相對。命運相似的女子「相知」就能「相惜」嗎？女人那麼愛比較嗎？本劇設想了各種可能性！

本劇的「對話」包含兩種層次：一方面是拼貼不同體制的文本，甚至讓被書寫者來顛覆話語（discourse）。元曲四大家之一馬致遠《漢宮秋》中形容漢王相思的千古絕唱，在《青塚》裡被昭君這樣嘲弄：「竟跟真的似的」！這段「返咸陽，過宮牆；過宮牆，繞迴廊……」經典名段，被譏諷為僅存「文詞美、聲律諧、意境高」的浮面價值；寫出「環珮空歸月夜魂」詠懷昭君的大詩人杜甫，在《青塚》裡被譏為「無聊文人」！《青塚》還提出矯飾性其實是文學想像力創造性的另一面，書寫者藉文字操弄（manipulate）被寫者，男人主宰發言權，完美昭君應該自盡全節，其實是書寫者自身懷抱的投射；文字又能左右人物能見度，因此很弔詭地，「若無有這些篇章，便無有昭君；篇章越多，昭君越是四分五裂」，何者為真？相對於昭君任文人宰割，才女蔡文姬雖有文采寫自身，但她與昭君同樣命運操縱由人，甚至被文人批評氣節不如昭君。歷史中的紅顏所以薄命，往往為「芙蓉面」所誤，劇作者細膩的女性思維試圖為昭君在絕境中扳回一局，設想她拜別漢王登輦前「丰容靚飾，顧影徘徊」，惹得「君王頓足恨連連，欲待開言已無言。昭君長吁氣舒展，從此愁恨兩均攤。君攤悔恨我攤愁，你自怨悔我孤單。人間愁恨千千萬，不教昭君一身擔。……車簾垂下淚始落，不教君王見悽然。輸贏俱在芙蓉面，此生終是誤嬋娟。」這臨別顧盼的神采，只怕是她一生中唯一能為自己做主的機會。

另一層次的對話是女性人物的對白、對比、對立。戲開始引用李開先《園林午夢》精采的四女舌戰，戲末了昭君與文姬的麻辣對罵呼應序場，是神來之筆，與其讓她倆被一堆文人說三道四、比來比去，乾脆在戲裡讓她們倆自己對罵，像剝洋蔥似地，生命中不堪的部分被一一攤開，最後甚至引為吵贏對方的籌碼，顛覆了戲曲表達方式，也算是編劇幽無聊文人一默吧！其他各類文學意象的運用還包括蔡文姬〈悲憤詩〉、〈胡笳十八拍〉、古詩〈有所思〉、白居易〈琵琶行〉、《後漢書》、李開先《園林午夢》、京劇《文姬歸漢》、《昭君出塞》等等，意不在賣弄典故，而是以古典來顛覆古典。解構性的劇情涉及許多最紅火的學術話題，族群認同、主體性、女性情慾……等，但「小劇場」裡的《青塚》並不打算讓「大歷史、大論述」分散了焦點，而是由不同面向剖析女性在特定處境下各種可能的心理狀態。

王安祈教授是國內少數古典文學底蘊深厚又深諳戲曲劇場實踐的創作者，加上默契良好的國光團隊，擦撞出令人驚豔的火花。戲劇結構大膽打破線性敘事，沒有情節，藉一段段不同風格的對話，層層展現各種人物的「情境」。導演李小平是京劇界唯一能導能演又跨界現代劇場的全才，身兼學院與科班之長，處理思維性強的新編戲尤其佳作連連，人物穿梭古今的上下場方式、滴漏宛如記憶抽屜、以蘆葦象徵人物命如飛蓬、末了蔡文姬更換漢人衣冠等處理，都別出心裁。三個主角的服裝與身段皆採原味的京劇表達方式，詮釋起詞藻古典的劇本的確最貼切，傳統是永遠的時尚，其實京劇傳統表演本身就可以很小劇場！傅寯的劇場設計簡潔且契合題旨，舞台呈三面觀，台後兩道斜坡，是人物走向命運以及交會的路徑：右後方的玻璃水箱，在戲開場後開始滴水，像是滴漏，提醒人時間的流逝；頭頂一輪明月映照地上象徵池子的圓形光滑區域，賦予幾無道具的空曠舞台空間層次；台口兩個特殊的玻璃裝置，既像青塚墓碑、又可當作梳妝鏡、漁婦的臥榻、或是時空的轉換門。主角陳美蘭與朱勝麗的表演深刻動人，兩人的美麗身影與旗鼓相當的對話豐富了該劇的血肉。不過，似乎因為該劇給編／導／舞各環節太多大展身手的機會，以致整個劇場呈現稍嫌「滿」。傳統戲曲的結構在情節起伏中有相當的「留白」，使觀眾可以興、觀、神遊：觀眾的心理狀態可說是戲劇創作的最後一道程序。編／導／演／劇場設計的詮釋若是加起來太多，觀眾的餘地便少了！《青塚》編劇很自覺小劇場的屬性，著眼「小歷史」不致線索旁枝蔓雜，劇場設計方面也空靈乾淨，反而是劇本豐富的文字成了導演的包袱，有點為求表現而表現。四個歌隊尤其喧賓奪主，她們穿著雲霧般的灰衣，顯示出中性屬性，既介入劇情演崔鶯鶯等四女、又靈活抽離，既充當舞隊、幫腔、又像是道具，這原本應該是附加的安排，但她們過多的串場往往打斷情緒，不但原本環環相扣（coherent）的「對話性」無法顯現，也把還在思考的觀眾拉回現實。

《青塚》思維是小劇場的，劇情處理卻是古典手法，即敘事性淡，劇情只是一段段主人翁思緒的鋪展。這是京劇老戲常用的編劇手法，例如：《貴妃醉酒》沒有具體情節，只是藉歌舞描繪楊貴妃受冷落後的寂寥，戲劇的高潮在於大段唱腔帶出的情緒，不靠情節張力。這無疑是半個世紀以來京劇編劇手法的又一轉折：上個世紀六十年代起，大陸新編的戲曲開始強調「說故事」技巧，營造曲折起伏的劇情（如《楊門女將》、《野豬林》等）；八十年代更傾向以現代的角度重新審視古典文學與歷史人物（如京劇《曹操與楊修》、川劇《荒誕潘金蓮》、黃梅戲《紅樓夢》都是名作），導演與劇場設計形成重要一環。台灣的京劇一開始不具備上述明顯脈絡，七十年代末郭小莊的雅音小集起，新派京劇考慮最多的毋寧是燈光、服裝等現代「劇場」因素的掌握，以及戲詞的雅化（後來的當代傳奇劇場甚至追尋一種「新戲劇型態」）。九十年代三軍劇隊合併後，台灣劇團體制也漸漸走上編導主導的路子，但較大陸更講究服裝、舞台的精緻，以及整個製作團隊的企劃文宣，在表演方面，相較大陸吸收美聲發音、慣用小蜜蜂的音色，與受樣板戲洗禮的身體質感，台灣的京劇不但並不遜色，而且更深植於傳統程式，又別具本地的美學風格。近年國光劇團的新編戲，既擺脫前一時代的愛國主題意識，也沒有大陸新編戲主旋律意識形態的刻板痕跡。當戲不再教忠教孝，而以更深層的人性挖掘為追求時，前衛的創意就適合搬到小劇場做實驗，二〇〇四年的《王有道休妻》首創京劇小劇場，設計出兩位旦角演員同演一位劇中人，以及亭子擬人化扮演等新表演法，嘲弄男性宰制意識，思維雖然符合小劇場的顛覆本質，但其劇場呈現格局仍嫌太大，直到第二部小劇場《青塚》登台，才真正玩出了小劇場的門道。古典文學與傳統戲曲本是無盡藏，足供最前衛的思維藝術表現出路。好戲是在每次演出中逐漸捏出來的，《青塚》實有突破性意義，希望能再琢磨，來日必能成為國光劇團最璀璨的保留劇目之一！

（本文由原著者根據原載二〇〇七年二月《傳藝》雙月刊第六八期〈穿梭實驗劇場的古典幽魂——我看新點子劇展〉改寫）

INK 文學叢書 181

絳唇珠袖兩寂寞

作　　者　王安祈
總 編 輯　初安民
責任編輯　陳思妤
美術編輯　張薰芳　吳芊芊
劇照提供　國立國光劇團
校　　對　陳思妤　王安祈　趙雪君

發 行 人　張書銘
出　　版　INK印刻文學生活雜誌出版股份有限公司
新北市中和區建一路249號8樓
電話：02-22281626
傳真：02-22281598
e-mail：ink.book@msa.hinet.net
網　　址　舒讀網 http：//www.inksudu.com.tw

法律顧問　巨鼎博達法律事務所
施竣中律師
總 代 理　成陽出版股份有限公司
電話：03-3589000（代表號）
傳真：03-3556521
郵政劃撥　19785090　印刻文學生活雜誌出版股份有限公司
印　　刷　海王印刷事業股份有限公司

港澳總經銷　泛華發行代理有限公司
地　　址　香港新界將軍澳工業邨駿昌街7號2樓
電　　話　852-27982220
傳　　真　852-27965471
網　　址　www.gccd.com.hk

出版日期　2008年1月　初版
2023年3月10日　初版二刷
ISBN　978-986-6873-68-3
定　價　320元

國|藝|會 NCAF 贊助出版
感謝國立國光劇團全力協助

國家圖書館出版品預行編目資料

絳唇珠袖兩寂寞：京劇・女書／
王安祈著 --初版,
新北市中和區：INK印刻文學,
2008.1 面；公分.（文學叢書；181）
ISBN 978-986-6873-68-3（平裝）
854.4　97001439

由國立國光劇團出版《三個人兒兩盞燈》、《金鎖記》DVD，
每片售價300元，欲購者請洽國光劇團（02）29383567。